小学館文庫

田園調布のおばけ屋敷

篠原まこと

小学館

田園調布のおばけ屋敷

Haunted house of Denenchôfu
Makoto Shinohara

調査報告1

おばけ屋敷の
風変わりな住人

Haunted house of Denenchôfu
Makoto Shinohara

三月の終わり。

僕は初めて、この町に来た。

この、東京のはじっこの、都会のような、どこか田舎のような。

人々が、知っているようで知らない、そんな町。

――田園調布という、この町に。


「……どこだ、ここ……」

途方にくれて、僕は呟《つぶや》いた。

春とはいえ、まだ頬に吹き付ける風はひんやりと冷たい。その冷えた空気を思い切り胸に吸い込んで、僕は深くため息をつく。

まいった。まさか、迷子になるなんて思わなかった。

恨めしげに手元のスマホを見るけど、充電の切れたその画面は、相変わらず真っ黒に沈黙したままだ。逆さに振ったところで、なにも出やしない。

目指す家の住所が書かれたメールも、地図も、データは全部このスマホの中だ。

ぼんやりした場所は、一度地図アプリで確認してきたけど、もうそれも自信がない。

仕方ない、コンビニで充電器かなにか調達しよう……と思ったところで、この住宅街のなかでは、そんなもの、皆目見当たらなかった。

「だいたい、わかりにくいんだよ、ここは～!!」

八つ当たり気味に呟いて、僕はスマホを上着のポケットにねじ込んだ。

この町は、駅を中心にして、半円形に道路が広がっている。たとえるなら、扇子の骨みたいに。で、その骨同士を横に繋ぐように、楕円形《だえんけい》に道が交差してる。

かつ、そのどの区画にも、緑色の生け垣と、見たことないようなお屋敷が、ひたすら整然と並び続けている。どの角にも、タバコ屋だとか自動販売機はない。目立つようなマンションもない。

ということは、だ。

どの角を曲がっても、僕にとっては、見える景色は限りなく同じなわけで。

しかも、楕円《だえん》……つまり、曲がっているわけだから、道の先は常に見えない状態。

その上、扇子の骨部分にあたる道を、一本間違えれば、どんどん正解とは離れた方向に進んでいってしまう罠《わな》もある。

一見整然としているから、これくらいなら、地図アプリを見なくても楽勝やろ……なんて、舐《な》めた僕が甘かった。めちゃくちゃ甘かった。

だから、充電が少なくても気にしないで、駅から出発したわけなんだけど。

かれこれ三十分は、僕はこの町をさまよっている。

「……なんだこれ？」

そのうち、右前方に見えてきたのは、ちょっとした森みたいなとこだった。背の高い緑の木々がいっぱいに空にむかって伸びていて、ぱっと見、なんだかよくわからない。近づいてようやく、そこが公園だとわかった。

盛りを過ぎた梅の木がぽつぽつと広場に植わっている他は、とくに遊具もないし、僕が抱く公園のイメージとはだいぶ違う。でも、座るベンチがあったのはラッキーだ。

ついでに人がいれば、目指す家の場所も教えてもらえるかもしれない。

ちなみに、一応、訪ねていく家の名字は覚えている。

宝来。「ほうらい」と読むそうだ。

やたら縁起がよさそうな名前だな……と思ったし、他にそうそうあるとも思えないから、近所の人ならわかるだろう。

幸い、子供の声もする。きっと誰かいるはずだ。

普段の僕は、知らない人に声をかけるなんて苦手だけど、さすがに今は違う。緊急事態だ。勇気を振り絞らなくっちゃ……!!

……そんな悲痛な決意を抱いて、声の主を見つけた僕は、思わず目を伏せた。

いや、相手になにか問題があったわけじゃない。問題があるとすれば僕のほうだ。

そこで遊んでいたのは、小さな子供と、お母さんらしき人だった。公園だから、当然だ。あきらかに軽装で、このあたりに住んでるんだろうなってこともわかる。

でも、僕には道を尋ねることは絶対に出来なかった。

だって、だって……日本語じゃ、通じないし!!

見た目であきらかにわかる。色が白くて彫りが深くて、薄い茶色の髪の毛で。子供は金髪で青い目だし。どう見たって、日本人じゃない。時々お母さんが注意してるけど、その言葉もさっぱりわからない。英語でもないし……。

当てが外れたショックで、僕はまたため息をついて、ベンチに座り込んだ。

なんなんだろう……この町。僕が生まれ育った団地とは、なにもかも違いすぎる。

一軒一軒の家が、まずやたらにでかい。その上、デザインが変わってる。推理小説に出てきそうな、妙な作りの家みたいなのがごろごろしてる。

そこらで立ち話してるおばちゃんもいないし、そもそも人も少ないし。たまに走り去る車はベンツとかだし……。

せめて、駅前でもう少し話を聞いてくれれば良かった。

あそこは駅ビルっぽい感じでお店もあったし、人もいたから、まさか一歩入り込んだだけで、こんなに異世界だなんて思いもしなかったんだ。

……そういえば、妙なことも言われたっけ。

『三丁目の宝来さんの家って、ご存じですか？』

駅前の青果店で、店員の人に尋ねた時だった。

すると、そのおじさんは、ああって感じの顔をしてから、ぽろっと。

『あのおばけ屋敷ね』

『え？』

『あ、いやいや。なんでもないよ』

怪訝《けげん》そうな僕に、すぐそう否定して、『駅の向こうの、教会の近くだよ』って。

しかし、おばけ屋敷って、どういうことなんだろう？

……たしかに、このへんの古いお屋敷じゃ、おばけの一つや二つ、出てもおかしくない気がするけど。

想像して、思わず身震いした。

男のくせにって言われても、どうにも僕は、怪談やホラーの類いが大の苦手だった。おばけなんて会いたくもない。わざわざ心霊スポットに行きたがる人の気持ちは、たぶん一生理解できないと思う。

……でも、行かなくちゃいけないんだよな。

今の僕には、それ以外に道がないんだから。

「教会って……これ、か？」

公園を出ると、高い屋根の上に、十字架が見えた。

近寄って見ると、筆文字で礼拝の予定とか、なんかよくわからないけど聖書の一節みたいな文章とかが書いてある。ってことは、やっぱり教会なんだな。わりとモダンな建物だ。

教会の前のなだらかな坂道を、当てずっぽうに登っていく。

こうなったら、破れかぶれだ。行くしかない。

そうして、進んだ僕の目の前に……突然、それは、現れた。

桜、だった。

満開の桜の花が、青い空の下、淡くピンクに咲き誇っている。

ここまでの道でも、何本か大きな桜の木は見かけた。そのたびに、足を止めて、ついつい見とれたけど……こんな大きな塊みたいになって咲いているのは、初めてだ。

よく見ると、何本かの木が連なって、この花の塊ができているんだとわかった。

「うわぁ……」

思わず、声がでる。

圧倒される。

日本人だからなのか、たった一週間程度で散ってしまうと知っているからか。なんだか桜の花は、いつ見ても、心がざわつく。

美しくて。でもなんだか怖くて。はかなく消えてしまう前に、心に焼き付けておきたいと、無闇に焦るような気持ちになる。

そして、その奥に……桜の花に抱かれるようにして、一軒の洋館が建っていた。

緑の生け垣に囲まれたその家は、白い壁と、茶色い屋根の……いや、多分、もとは白い壁……、って感じの……。

築何年かは、よくわからない。ただ、とにかくでかい。そして、古くて……言ったらなんだけど……ボロい。

美しい桜とのギャップとも相まって、ここまで見てきたお屋敷の中でも、段違いに、おどろおどろしい雰囲気に満ちている。

人気《ひとけ》はさっぱり、ない。

なのにそれでいて、古い建物が持つ独特の威圧感だけは、めいっぱいに僕に伝わってきていた。

――『おばけ屋敷』

その単語が、これほどしっくりくる家は、他にない。そう、断言できる。

つまり、もしかして、この家が……？

「う、嘘……」

いや、まだそうと決まったわけじゃない。

ただ、たまたまこの家が教会の近くで、たまたまいかにも『おばけ屋敷』って感じってだけで……。

僕はそう自分に言い聞かせながら、古い木製の大きな門に近寄り、表札を探した。

「あ、あったあった。……えっと……『宝来　通用門』……」

たしかに、そこにはそう書いてあった。

「……ほう、らい……」

たまたま同じ名字、とは……さすがの僕にも、思えなかった。

けど、通用門って、人名にしてはずいぶん変わった名前だ。たしかメールにあった名前は、そういうんじゃなかったはずだけれど。

──このとき僕は、知らなかったんだ。

たかが個人の家に、『正門』と『通用門』があるだなんて。

ちなみに後で知ったのだが、宝来の家の正門は、さらにもう少し歩いた先にある。

御影石《みかげいし》の太い柱と、その間を繋ぐ、背の高い鉄製の優雅なデザインの鉄製門扉《アイアンゲート》が本当の門だった。

それは、さておき……。

「……聞いてみるしか、ないよ、な……」

ここが訪ね先の家かどうか、確認する手段は、たった一つだ。

目の前の、古ぼけたインターフォンを押してみればいい。

というか、これ……インターフォンでいいのか？

カメラもないし……本体そのものが、オモチャみたいなプラスチック製だ。

かろうじて、呼び鈴らしきマークのシールがこびりついているから、そのはずだけど……。

震える指先で、黒いボタンを押す。

ピンポーン……と、軽やかな電子音が響いた。

後は、沈黙が続く。

留守……だろうか？　実際、人気はないし。じゃあ、やっぱり、この家じゃなかったんだろうか。でも……。

固唾をのんで、インターフォンのボタンを見つめ続けているうちに、ようやく、ブツッと、空気がはじけるような、くぐもった、微《かす》かな音がした。

「……はい」

よかった。人がいた。

そう安堵《あんど》する反面。

低い声のトーンは、男か女か、よくわからなかった。むしろ、生きているのかどうか……はっきりいえば、おばけといわれても驚かないような、そんな印象だった。

いやいや、そんなわけがない。この平成も終わるような頃に、そんな、非科学的な……。

「あ、あの。……九重《ここのえ》教授の紹介でうかがいました。遠城寺《えんじょうじ》廉《れん》です！」

そう告げた僕の声は、少し、裏返ってしまっていた。

◇

僕の名前は、遠城寺廉という。

春から、W大学の人間科学部の二年生になる。一年浪人したから、年齢はちょうど二十歳だ。

身長は、一七八センチ。でも、筋肉のつきにくい体質のせいで、身長よりもさらに、ひょろりと細長く見える。

顔は……まぁまぁ、人並みだ。中高生のときに、ラブレターを数通もらったことくらいは、ある。そのときは、そういうことは考えられなかったから、断ったけど。

元々は関西出身だけど、中学生のときに、父親の転勤で千葉に引っ越した。それからはずっと、千葉県のとある団地で育ってきた。

母親は、いない。父と二人暮らしだ。

大学までは、電車で一時間半以上。正直、通うのは大変だった。でも、うちはそこまで裕福じゃないから、ひとり暮らししたいなんて、とても言い出せない。

……そうこうしてるうちに突然、父のインドネシアへの転勤が決まった。今住んでいる団地は社宅だから、引っ越ししなくちゃいけない。でも、母はいないし、ひとり暮らしする余裕はないし。

一緒について行く……という選択は、したくなかった。

僕にとっては、W大学は憧れだったから。

正しくは、W大学の人間科学部に籍を置く、九重教授のことを、僕はずっと尊敬していた。

九重教授は、日本の民俗学の権威だ。たくさんの本を出し、高齢であっても、今もフィールドワークを続け、研究をされている。現代の柳田国男といっても、僕はかまわないと思う。

中学生のときに、教授の本を読んで以来、ずっと、いつか教授の下で学びたいと願って、一浪してまで猛勉強したんだ。

その努力を棒に振って、休学する気には、到底なれなかった。

とはいえ、どうするか……。

まわりにも相談しながら、ひたすら悩んでいたときだった。

憧れの九重教授が、僕に声をかけてくれた。

それが、教授の教え子さんが、下宿人を探してる……っていう話だったんだ。


「それで、決めたのか?」

「うん」

九重教授と面談をしてから、一週間後。

僕は、久しぶりに父さんと二人で、家で食卓を囲んでいた。

狭い社宅の四畳半に、ちゃぶ台を置いてご飯を食べる。それが僕らの日常だった。

今日のメニューは、あじの開きと、ほうれん草のおひたし。わかめとネギのお味噌汁っていう、ごく普通の、定番和食だった。

インドネシアに行く前に、和食三昧したいって、父さんが言うから。

「あー……美味《うま》い。廉の作る飯は、本当に美味いなぁ」

「ただの味噌汁でしょ、そこまで感動されても、恥ずかしいって」

「いや、本当に美味いよ」

父さんは、僕の料理をいつも手放しで褒めてくれた。

それこそ、母さんがいなくなって、僕が料理を始めたころから。

最初なんて、かなり悲惨な代物だった自覚はある。それでも、父さんは、いつも美《お》味《い》しいってたいらげてくれてた。

それが嬉《うれ》しくて、僕は、男子大学生にしては、料理上手だ。もちろん、ただの家庭料理だけど。

「まぁ、だからな。父さんは、廉がひとり暮らしするなら、それでも大丈夫だろうって思ってるんだ。お金なら、なんとかなる。お前が無理をしなくても……」

「ち、違うよ。無理は、してない」

――少し、嘘だけど。

でも、『なんとかなる』ってことは、なんとかしないと、どうにもならないって意味でもあるわけで……。ただでさえ、一年浪人して、私立大学に行かせてもらったんだ。これ以上、父さんに、お金で迷惑かけたくないというのは、僕のわがままだ。

それはちゃんとわかってる。だから。

「九重教授の教え子さんなんだよ？　優秀な人だったってきいてるし、むしろ、僕がお願いしたいくらいなんだ。卒業するまで、色々、教えてもらえそうだし」

「そうなのか？」

父さんが、上目遣いに僕の顔色をうかがう。

そんな父さんに、箸を片手に、僕はにっこりと笑ってみせた。

「うん。だから、安心して。それに、家事を手伝うかわりに、家賃と光熱費は無料《タダ》な上に、食費も月二万円ポッキリだよ？　ありがたい話じゃない」

「まぁ、そうだなぁ……」

「それより、父さんのほうが心配だよ。食事も、ちゃんとできる？」

僕の言葉に、父さんは笑って。

「そうだな。父さんが、しっかりしないとな」

そう、何度も頷《うなず》いた。

父さんは、僕と同じで痩せ型で、まぁ……ちょっと髪も薄いから、なんていうか、いつも具合が悪そうに見える。マッチョなイメージとはほど遠いタイプだ。

僕も将来こんな感じになるんだろうなぁ、とは、思ってる。

そういう、頼りない印象はあるけど、だけど、優しい人だ。

僕が浪人したいと言った時も、すぐに頷いてくれた。

『お前が珍しく、自分からやりたいって言ったことなんだから』って。

それを僕は、今もとても、感謝してる。

「荷物は、どうするんだ？」

「そろそろまとめるよ。でも、ノートパソコンと、教科書とかの本と、あと、服が段ボール二つくらいだから。宅配便で送らせてもらうつもり。父さんは？」

「俺も、それくらいかな。家具の引き取り先は、井上くんがやってくれるそうだから」

「そっか。よかった」

井上くんっていうのは、父さんの部下の男の人だ。

同じ社宅に住んでて、まだ独身だから、たまにうちで一緒にご飯を食べたりもする。しっかりしてる人だから、井上さんが仕切ってくれるなら、大丈夫だろう。

そもそも、もともとが転勤族だったから、僕も父さんも荷物は少ない。処分をすることにも、わりと慣れてる。だから、今回の引っ越しに関しても、そのへんはかなりスムーズだった。

「大きな家具なんかは、次に住む人が使ってもいいって言ってある。いいよな？」

「うん、もちろん。……もうすぐ、だね」

「そうだな」

言葉にすると、なんだかしみじみする。

父さんと二人で、暮らしてきた家。

狭いし古いけど、でも、僕にとっては、ここは良い思い出が詰まってる。

でも、もう。

僕も、自分の力でやっていかなきゃいけないんだろう。

「……そうだ。これ、下宿先の住所。父さんに、渡しておくね」

「ありがとう。宝来さんか、変わった名字だな。それに、……田園調布、なのか？　さすが、九重教授の教え子さんだなぁ」

最近老眼がすすんだとかで、メモを手元から離してしみじみと見た父さんは、驚いた様子だった。

「田園調布って、知ってるの？」

ご飯の残りを、お茶漬けにしてかきこみながら、僕が尋ねる。

「そりゃ、知ってるよ。日本有数の高級住宅街なんだから」

「へぇ〜」

「廉は、関西育ちだしな。芦屋《あしや》とかのほうが、知ってるか」

「うん、まぁ。そうかも」

たしかに、芦屋なら僕も知ってる。

あと、東京だったら、白金とか麻布なら、お金持ちが多いんだろうなーってイメージあるけど……田園調布なんて、あんまり聞いたことない。

最初に文字を見たとき、ずいぶん田舎な感じだなぁって思ったくらいだ。あと、てっきり調布市にあるのかと思ったら、大田区だったってこと。

ただだ。

「こんな立派なところに住んでる方なら、安心だな」

父さんが、心底ほっとしたように笑ってくれたから、僕も胸をなで下ろした。

「うん。そうそう。大丈夫だよ」

「だが、なぁ……。俺はもう明後日にはインドネシアに行かないといけないし……本当に、ご挨拶にいかなくていいのか？」

「仕方ないよ。むこうの都合だし」

なんでも、月末までは時間がとれないって話だ。

だから、僕の引っ越しは、三月末。この社宅の契約が切れる、本当にギリギリになる予定だった。

「簾。ただ、この名前……女の人じゃないのか？」

「……ま、まさかぁ。ひとり暮らしらしいし、女の人を紹介はしないでしょ。とにかく、僕は大丈夫だから。安心して、むこうでも頑張って」

僕はそう繰り返して、父さんに笑いかけた。

◇

……父さん。ごめん。そう言ったけど。

大丈夫じゃ、ないかもしれない。

満開の桜の下。おばけ屋敷を見上げて、僕の頭に浮かんでいた言葉は、ひとつだけだった。

——前途、多難。

『……少し、待っててくれ』

そう言って、インターフォンのむこうの気配は、再び消えた。

ぽつんと待っていると、どうしようもない不安が、僕の心に膨れ上がってくる。

迷路みたいな町の、おばけ屋敷。ここに住んでいる人って、どんな人なんだろう？

九重教授の教え子ということ以外、正直、僕はよく知らない。

焦っていたし、渡りに船とばかりに飛びついたから、仕方がないのだけど。

九重教授が、『いい子だよ』と言っていたから、それを信じ切っていた。でも、よく考えたら、いい子っていうのはかなり当たり障りのない……言ってみれば、前段階がある表現ともいえなくもない。

変わり者だけど、いい子だよ、とか。

ちょっと難しいところもあるけど、いい子だよ、とか。

宝来さんの場合は、どうなんだろう。

なるべく、おかしな人じゃないといいんだけど……。

思わず、ぎゅっと目を閉じて、信じてもいない神様に祈ってしまう。

「……君が、遠城寺くんか？」

「は、はい！」

び、びっくりした。

かけられた声に、僕は慌てて目を開ける。

——そこでまた、僕は、しばらく言葉を失った。

「…………」

出てきたのは、人間だった。

それは喜ばしいことだ。

でも、普通の人間かどうかというと……それは、否、だった。

まず目に入ったのは、その人が着ているのが今時珍しい、和服ってことだった。

淡青色の地に、植物の柄が描かれた着物に、紫色の帯を締めて、肩からはグレーの暖かそうなストールを羽織っている。

僕は着物に関してはさっぱりド素人だから、素材とか全然わからないけど、やっぱり着物なんだし、高いんだろうな……ってのは、わかる。

さらさらで艶のある黒髪は、顎のあたりでまっすぐに切りそろえられていて、なんていうか、賢そうな印象だった。

背は、高い。目線の高さが僕とあまり変わらないように感じる。それで、細く、しゅっとしている。

なにより……その……すごく、美人、だ。

「宝来、碧《みどり》だ」

落ち着いた低めの声を紡ぎ出す唇は小さくて、白い肌のなかで、唯一紅《あか》く、目をひいている。

すっとした切れ長の目は、なんだか、仏像みたいだと思った。昔修学旅行で行ったお寺で見た、弥勒菩薩《みろくぼさつ》。すんなりと細くて、凜《りん》と美しい、ああいう感じ。

男か女か、雰囲気だけではわからないあたりも、似ている。

──宝来碧という人は、そういう人だった。

「どうかしたか？」

呆《ほう》けている僕に、怪訝そうに宝来さんが眉根を微かに寄せる。

「い、いえ!!　あのっ、よろしくお願いします」

「そんな大声でなくても聞こえる。……それより、ずいぶん遅かったな」

案内され、木戸をくぐる。剝き出しの地面のあちこちに、雑草が芽を出していた。

はいってすぐ右手には、桜の木が植わっている。ごつごつと黒い幹の表面の所々に、可憐《かれん》な桜の花が咲きほころんでいた。

屋敷の壁と、桜の木の間を縫うようにして、宝来さんが進んでいく。その着物の背中を、僕はおどおどとカバンを抱えて付いていった。

「すみませんでした。道に、迷ってしまって。スマホの充電が切れていたから、電話もかけられなくて、その」

言い訳をしながら、我ながらドジだと思う。

いくらでも回避策はあったろうに。第一印象は、これじゃ、相当悪いだろうな。

それに……。

「…………」

ちらりと宝来さんの和服を見て、それから、自分の服装に目を落とす。

紺色のポロシャツと、薄汚れたチノパン。斜めがけした大きめなメッセンジャーバッグも、通学で使い込んでくたびれてきている。

もう少し、マシな格好してくればよかった。

そうだ。失念してたけど、僕の方は完全に今日からお世話になるつもりでも、断られる可能性だってあるんだ。

しまった……格好もそうだけど、手土産くらい、もう少しなんとかすればよかった。

でも、今となってはもう、完全に後の祭りだ。

そう、僕が後悔に苛《さいな》まれていると、宝来さんはようやく玄関の前で足を止めた。

「こっちだ。はいるといい」

一部だけ前に張り出した屋根の下、階段を二段ほどあがったところに、扉があった。扉の周囲は御影石で囲まれ、上部分は半円のアーチを描いている。扉そのものは、木製の枠に、磨《す》りガラスがはめこまれていて、いかにもアンティーク然としていた。

っていうか。門をくぐってから玄関まで、これだけ歩く家なんて初めてだ。

一体、敷地全体は、どれだけ広いんだろう？

「お邪魔します」

玄関の靴を脱ぐところに敷き詰められた煉瓦《れんが》は、長い時間の中で多くの人が通ってきたのか、表面がなめらかに整っていた。天井のシャンデリアの光量は弱く、全体に薄暗い。っていうより、屋敷に一歩入るなり、なんだか急に気温が下がったみたいで、僕は無意識に身を震わせていた。

カバンと同じく、くたびれたスニーカーを脱ぐと、しゃがんで向きを直す。スリッパは……ないみたいだ。別に普段履かないし、いらないけど。

第一僕は客人じゃなくて、下宿人だからな。それも、今はまだ、候補みたいなものだし……。

「わぁっ！」

立ち上がった瞬間、横の棚に飾ってあったものと目が合って、僕は大声を出してへたり込んでしまった。

「どうした？」

「す、すみません。……人形、が」

そこにあったのは、これまた古めかしい人形だった。着物姿で、髪が長い……たしか、市松人形ってやつだ。

ただ、いつからかまわれていないのか、うっすら埃《ほこり》がつもっているし、白い肌も薄暗いせいでくすんで見える。

そのガラス玉の目が、一瞬光ったように見えて、僕は腰を抜かしてしまったわけだ。

「苦手か？」

「あ、いえ。人形がっていうんじゃないんですけど……怖いものは、苦手、です……」

立ち上がり、腰のあたりを軽く払うと、僕は決まり悪さにうつむいた。

男のくせに情けないって、思われただろうな。

さっきから、いいところがまるで見せられてない。

でも、宝来さんから返ってきた言葉は、まるで予想外のものだった。

「そうか、それはいいな」

「え？」

驚いて顔を見ると、宝来さんの口角が、微かに上がっていた。

「怖い、という感情は、大切なものだ。恐怖とは、己の命を守ろうという用心深さと、想像力がなければ得られない感情でもある。そのどちらも、人間にとって必要だと、私は思うよ」

「想像……力？」

僕は、自分が想像力豊かだなんて、思ったことはなかった。

どちらかといえば、予測が足りなくて、今日みたいに色々失敗してばかりなんだけど……。

「君は今人形を見て、一瞬のうちにどう思った？　この幼い少女をかたどった物体が、突如意志を持ち……君を見つめた。それは、興味というよりは、獲物として。小さな手からは想像もつかない禍々《まがまが》しい力でもって、君に襲いかかる。その表情は醜く歪《ゆが》み、おそらく、君は二度と、その顔を忘れることはできない――こんな想像だろう？　なにも想像しなければ、恐怖など生まれない」

「え、あ、……」

そ、そこまで具体的だったわけじゃない。っていうか、今の宝来さんの語りで、また怖くなってきた……。

そのときの僕は、なんとも複雑な表情をしてたと思う。それがおかしかったのか、宝来さんは小さく「ははっ」と笑い声をあげた。

「大丈夫だよ。私が生まれたときからその人形はそこにあるが、人を襲ったことはない。まぁ、今のところは」

い、今のところって。

そこは、付け加えないでいい部分だと思う……。

「いつまでも立ち話もなんだ。おいで」

そう言って、宝来さんはドアを開け、僕を客間らしき部屋へと案内してくれた。

……やっぱり、宝来さんって、変わった人だ。

でも、たしかに、九重教授の言うように、『いい人』なのかもしれない。

少なくとも僕の怖がりを、あんな風に肯定してくれた人は、今までいなかったから。

「さて……」

煎茶を前にして、ゆったりとソファに腰掛けた宝来さんが口を開く。

「は、はい」

「九重教授は……いや。ひとまず、お茶でも飲んだらどうだ?」

「は、はい」

オウムのように同じ言葉だけ繰り返して、僕は腕を伸ばして湯飲みを取った。薄い飲み口の、上品な白い小ぶりの湯飲みには、きれいな淡いグリーンの液体が七分目ほどに注がれている。それを口元に持って行くだけでも、たぶん、相当ロボットみたいな動きになっていたと思う。

だって。

通された客間が、また……やたらに広い。玄関とこの客間だけで、たぶん、昨日まで住んでいた社宅くらいある気がする。

革張りのソファセットと、グランドピアノ(!)、壁には大きな絵が飾られている。青い海に浮かぶ白い月みたいな絵は、意味とかはよくわかんないけど、きれいだ。

大きな窓には、生成り色をしたレースのカーテン。天井にはもちろんシャンデリア。

壁には暖炉まである。絨毯《じゅうたん》は……これ、よくわからないけど、ペルシャ絨毯とかそういうのだろうか。

ドラマとかでしか見たことのない、これ、もう、別世界っていうやつだ。確実に。

「い、いただき、ます」

この湯飲みだって、きっと高いんだろうな……割ったら、弁償なんだろうか……。

そう考えると、勝手に手が震えてくる。

しかも、なんでかさっきから、鼻が妙にむずむずして……。

「……っくしょん！　あ、つっ！」

派手にくしゃみをした拍子に、お茶が膝にこぼれて、僕は悲鳴をあげた。

もっとも、火傷《やけど》するような温度じゃなかったからよかったけど。

「す、すみません！　こぼしちゃって！」

「いや、かまわない。それより、君はあれかな。埃アレルギーか？」

「え？　は、はい。そうですけど」

持っていたハンドタオルでソファを拭きながら、僕は小首をかしげた。

「ああ、それなら悪かったな。換気くらいはしておこう」

「え……」

「なにせ日頃、書斎と寝室しか使っていないんだ。客も滅多《めった》に来ないしな」

ゆるゆると宝来さんが立ち上がり、窓際へと向かう。

そ、そうか。ひとりでこの広い家にいても、全部は使わないよな。それは、そうだろう。だけど、今の……ひとつ、抜けてないか？

書斎と寝室って……台所は、どうなんだろう。

まさか霞《かすみ》を食べてるわけじゃないと思うけど。でも、なんだか、宝来さんならあり得る気もする。

ま、まぁ、あれだ。あまりに当然のことだから、飛ばしたっていう。それだけだろうな。

「……っくしゅん！」

宝来さんが窓を開けた途端、春風が室内に吹き込む。

その勢いで、たまっていた埃が舞い上がったのか、僕のくしゃみが止まるまで、しばらくの時間が必要だった。

「すまないな。ただ、まぁ……家がどういう状態なのかは、よくわかっただろう？」

「は、はい……」

ずび、と鼻水をすすって、僕は頷いた。

「それで、九重教授はお元気なのかな」

「は、はい！　もちろんです。あの、宝来さんも、民俗学を？」

「ああ。……いや、でも、それだけではないな。教授には、大切なことを、色々学ばせていただいたよ」

お茶を片手に、懐かしむように宝来さんが目を細める。

この人も、九重教授を尊敬しているんだ。

そんな共通点を見つけたことに、僕は少しほっとした。

「あの……それで、その……本当に、いいんですか？」

「下宿のことか？」

「はい。だって、その……」

僕は上目遣いに宝来さんを見た。

年上だとは思うけど（というより、年齢不詳だけど）、宝来さんは女性なんだし、男と二人っていうのは、怖いんじゃないかな……。

「そうだな。常に私のそばに、さっきの市松人形を置いておくことにしようか」

「ひっ」

さっきの怖さを思い出して、僕は小さく息をのむと、身をすくませる。

そんな僕に、また愉快そうに宝来さんは笑って。

「冗談だ。でも、君はそんなに危険そうにも見えないしね。なにより、九重教授の紹介なのだから、私はなにも気にかけていない」

「そう、ですか……よかった、です」

なるほど。僕じゃなくて、教授への信頼ってことか。

実際、どちらかといえば、僕は女性が苦手だから……とくに、年上の女性が。

世間一般でいう危惧するようなことはないと、断言できる。

「条件はすでに伝えてあると思う。家賃と、電気、ガス、水道といったものはタダだ。食費として、月に二万円。月初に銀行口座に振り込んでくれ。後でお互い確認がしやすいからな。かわりに、料理や掃除といった家事をしてくれ」

「はい」

頷きながら、僕はカバンからノートを取り出した。バンドで留めてあったボールペンを手にとると、急いでメモをとる。

「とはいえ、あくまで君は学生だ。家事については、学業に支障を来《きた》さない程度にでかまわない」

「あ、ありがとうございます」

あらためて、破格の条件だ。月二万円で田園調布に住むことになった人間なんて、たぶん僕くらいのものだろう。

「それと、お互い、プライベートには干渉しない。自室部分には、入らない。これは、いいね？」

「わかりました」

お互いということなら、反対する理由はない。

僕が走り書きでメモをし終えるのを見計らって、宝来さんは言葉を続けた。

「食事は、夕食を頼む。朝や昼は、不規則だからな。君は自分の分だけ作ってくれ」

「わかりました。あの、聞いてもいいですか？」

「どうぞ」

「食べ物のアレルギーとか、お嫌いなものって、ありますか？」

これは念のため、知っておきたかった。

当然、命に関わることだから。

「アレルギーはない。嫌いなものは……そうだな、酒にあわないものだ」

「はい。……って、え、酒？」

「ああ。だから、リクエストとしては、酒にあうものにしてくれ。日本酒でも、ワインでも、ビールでも、ウィスキーでもかまわない」

「わ……わかりました」

酒の名前を口にするとき、口角があがって、声の調子も軽やかになっていたあたり、宝来さんは見かけによらず、かなりのお酒好きらしい。

「君は、どうなんだ？」

「あ……僕は、乾杯で飲むくらいです。あまり、強くなくて」

「そうか。まぁ、自分の酒量を把握できているなら、それが一番だ」

宝来さんはそう言うと、細い指で前髪をかきあげた。それから。

「ところで、聞いてもいいか？」

「あ、はい。どうぞ」

「君は、関西出身なのか？」

「え……は、はい。そうです」

少し驚きながら、僕は頷いた。

「生まれたのは、大阪です。それから何度か引っ越して、中学生の頃に、父の転勤で、こっちに。……あの、そんなに、なまってました？」

出会ってすぐに、そう言われたのは初めてだった。

さすがに関東での生活も長いから、すっかり標準語になっているとばかり思っていたし、よほど感情的になるか、大阪に戻らない限り、方言は出なくなっていたのに。

「時々ね。京阪式アクセントを使ってる。ただ、それはとくにかまわないんだ。言葉は、通じればいいんだから。それより……」

顎に細い指を当て、思案げに宝来さんは尋ねた。

「君は、味付けも関西風なのか？」

「え？　あ、えーと……そうですね。料理によります。炊き合わせとか、おうどんは、関西風です」

言われてみれば、僕は白だしも千葉の醤油《しょうゆ》も両方使っている。深く意識をしたことはなかったけど、僕の舌には、関西時代の記憶がちゃんと残っていたみたいだ。

日常の記憶は、今はほとんど残ってないのに、なんだか不思議な気がした。

「なるほど、それは良いな。楽しみだ」

宝来さんは、そう言うと、すっと立ち上がった。

「それじゃあ、家の案内をしよう。おいで」

「はい！」

誘われて廊下に出ると、途端にひんやりとした空気が僕を包み込んだ。

それに……なんだか……気のせいだろうか？

視線を感じるような……。

「一階の、こちらが台所とダイニング。奥に風呂とトイレがある。むこうは私の自室。君は二階を使ってくれ」

「は、はい」

言われて顔をあげると、途端に目に入ってきたのは、濃い臙脂色《えんじいろ》の絨毯が敷かれた階段だった。途中で二つ踊り場があって、ぐるりと回っている。

その階段を、すいすいと宝来さんは上っていく。いつも着物なのか、慣れた動作だ。僕もその後に、おっかなびっくり付いていった。

その階段を上がりきると、目の前には天井まである本棚があった。

並んだ本はどれも年代物のようで、一番下の段に並んだ百科事典のセットは、全部で何巻あるのだろう？　埃をかぶっているが、背表紙の文字のデザインといい、古めかしい威圧感に溢《あふ》れていた。

「これは……宝来さんの、ですか？」

「祖母や祖父が集めていた本だ。好きに読んでもいいが、旧仮名遣いのものばかりだぞ」

「はぁ……なるほど」

「上には三つの部屋と、バスルームが二つある。部屋はどれを使ってくれてもいい。ただ、バスルームは、トイレ以外は使用しないほうがいいな。あと、水道管が古くなっているから、飲み水には向かない」

「わ、わかりました。っくしゅん！」

「二階はさらに埃まみれだからな。掃除してから使ったほうがいいぞ」

悪びれもせずに宝来さんが言う。

見ると、廊下の隅に蜘蛛《くも》の巣もあって……これじゃ、ホントにおばけ屋敷だ……。

「掃除は、します……っくしゅん！　あと……なんだか、寒くありません？」

「そうだな。うちは鉄筋造のせいか、わりと冷えるんだ。昔はボイラーで沸かした湯を各部屋に回していたんだが、今はさすがにエアコンをつけた」

エアコンはあるんだ。ちょっとほっとした。

「一階のほうが楽なら、狭くていいなら部屋はあるぞ。運転手の控室だが」

「運転手、いるんですか!?」

「昔の話だ。今は車も処分したからな」

それでも、昔はいたってことだ。つくづく、庶民とは世界が違う。

結局、見せてもらった部屋のうち、一番東の部屋を選んだ。

庭にむかって大きな窓があって、風通しが良さそうだったっていう理由だ。

いつから閉め切っていたのかわからない、濃緑色の厚地のカーテンを開くと、一気に室内に光が射し込む。

「わ、ぁ……」

目の前には、薄桃色の満開の桜。

そして、広い緑の庭。

周囲に背の高い建物がないせいで、遠くの武蔵小杉のビル群や、公園らしき緑まで、ずっと見通せる。

気持ちのいい、景色だった。

「あの、この庭、どれくらいあるんですか？　その、広さが」

「広さ？　そうだな。たしか、一五〇坪かそこらだ」

「ひゃく……!?」

宝来さんは興味なげに言うけど、庭だけで一五〇坪とか、もう……目眩《めまい》がする。

それに、この庭を囲むように植えられた何本もの桜が、本当にきれいで。

「桜、きれいですね。家で花見ができちゃうなんて、夢みたいです」

「君は、桜が好きなのか？」

「はい！　やっぱり、日本人だなぁって思います」

「ふぅん」

僕の言葉に、宝来さんの口元に、意味ありげな笑みが浮かんだ。

「このまま、好きでいられるといいね」

「……え？」

どういう意味だろう。そう尋ねる前に、宝来さんは話題を変えてしまった。

「この部屋の家具は、好きに使っていい。まぁ、ガラクタばかりだけどな。……ああ、そうだ。布団だけは新品を用意しておいた。下にあるから、後で取りにおいで」

「ありがとうございます！」

わざわざ用意しておいてくれるなんて、驚きだったし、すごく嬉しかった。

本当に、本当に……。

「じゃあ私は、下に戻るよ。何か用事があれば、呼んでいいから」

「あの！」

宝来さんの背中に向かって、僕はこみあげる思いのままに口を開いた。

「僕、どうしても日本に残りたくて、……それで、ご迷惑だとわかっていたんですけど、こうして、下宿をお願いしたんです。なのに、すごく色々、よくしてくださって、……本当に、ありがとうございます！　僕、料理も掃除も、がんばります！」

僕は深々と頭を下げる。

感謝の気持ちが、伝わっただろうか？　自信は、ないけど……でも、これから、態度で示していこうって、このとき僕は誓ったんだ。

振り返った宝来さんは、そんな僕をしげしげと見つめて、一言。

「……ハヤト」

そう、ぽつりと呟いた。

なんだか、切なそうに。

「え、っと……」

僕の名前は、廉、だけど……。

「いや、君によく似てる子を知っていてね。なんだか、懐かしくなった」

「そう、なんですか」

……どんな人なんだろう。っていうか、どんな関係の人なんだろう。

気にはなったけど、まだ突っ込んで聞ける感じじゃなくて、僕は曖昧に頷いた。

そのとき、ふと、僕の視界のはじに、隣のバスルームのドアが飛び込んできた。

暗がりのなか、すーっと、音もなく……そのドアが、開いていくのが、見えた。

「……え？」

どうして。

風もないのに。それとも、もしかして？

「どうした？　遠城寺くん」

「あ、あの。……すみません、変なこと、言いますけど。僕、こういう古い一軒家って、初めてで……」

さっきの視線といい、今のドアといい。僕の知らない、『なにか』の気配だけが、さっきから、色濃く伝わってくるみたいで。

「なんだか、僕たちのほかにも、いそうな感じがするなって……あは、は」

冗談めかして笑ったつもりだったけど、たぶん、ぎこちなく口元がひきつっただけだったと思う。

そして、宝来さんの返答は。

「……ああ、いるぞ。気をつけなさい」

形の良い小さな唇が、弧を描いて微笑《ほほえ》む。

ぞっとするほど、それは、きれいで……。

「……っくしゅん！」

何度目かのくしゃみをして、僕は、ぶるっと肩を震わせたのだった。

三日後。僕は、大学の図書館にいた。

学生課に転居の届けを出すついでに、あることを調べようと思ったからだ。

「えーっと……あ、あったあった」

蔵書検索システムで調べたとおりの場所に、その本はあった。

手にとると、ずっしりと重い。厚さ二センチほどの緑の背表紙には、『郷土誌　田園調布』と、細めのフォントで書かれていた。

——田園調布。

かつては、荏原《えばら》郡調布村と言う。

調布という言葉そのものは、洗いざらした手織りの麻『布』を『税（調）』としておさめていた地域に共通する地名なため、多摩川沿いに多く存在している。

僕が勘違いした「調布市」も、そのひとつということだ。

万葉集にも、『多摩川にさらす手作りさらさらに　何そこの児《こ》のここだ愛《かな》しき』という歌があるほど、多摩川といえば麻布の生産が盛んだったらしい。

田園調布も、そういえばすぐそばに多摩川が流れている。


もっとも、その調布村も、明治二十二年に市町村制施行に際して、下沼部村、上沼部村、鵜《う》の木《き》村、嶺《みね》村《むら》の四つが併合されてできたものだ。今でいう田園調布は、このうち、下沼部村と、上沼部村のあたりに存在している。

その頃の調布村は、丸子の渡しという多摩川の船着き場を使って、中原街道を人が往来し、そのあたりはまぁまぁ賑《にぎ》やかではあったらしい。

けれども、あるのはほぼ畑ばかりで、水田よりも多かったという。主な作物はカボチャ、スイカ、小松菜、大根といったものだ。

また、多摩川での漁も盛んで、鮎《あゆ》やウグイ、ボラを捕っていた。ウナギもかつては豊漁で、昭和のはじめ頃には、多摩川の水面が真っ黒になるほどウナギが上ってきたというから、驚きだ。

それでいて、明治十八年に作られた東京府の報告書では、『産物著シキモノナシ』と素っ気なく記述されていたりする。

その、明治十八年の上沼部村の住人は男女あわせて二一二人。下沼部村はもう少し多くて、一一三八人。あわせて一四〇〇人以下だ。

——ようするに。

かつてこの場所は、よくある田舎の農村のひとつに過ぎなかった、ということだ。

「今じゃ、想像もできないけどなぁ……」

一旦、本から顔をあげて、僕は小さく呟いた。

静かなお屋敷が並ぶ町並みと、農村の間には、かなりのイメージの開きがある。

ただ、時代のせいもあるのかな。

昔はこのあたりも田んぼだった、っていうのは、実際他の町でもよく聞くし。

ただ、この村が、今のようになったのは、どういうきっかけだったんだろう？

僕は、さらに郷土誌の続きを読んでいった。

平和な村に転機が訪れたのは、大正七年のことだ。

官僚から実業家となった、渋沢榮一《えいいち》が、大正七年九月二日、田園都市株式会社を発足させた。と、いっても、渋沢自身は相談役という立場だ。ただこの場合、相談役といえど、実質は会長ということは、周知の事実だったらしい。

当時、西洋化、近代化をおしすすめる日本において、西洋的な近代都市計画が必要と渋沢は考える。そこで、彼が提唱した考えが、当時先進的だった、『田園都市《ガーデンシティ》』という概念だった。

イギリスのエベネザー・ハワードが提唱したこの考えと、実際の田園調布のあり方には多少のズレはあるものの、目指すところをものすごくざっくり言えば、都市と農村の良いとこ取りをして、緑溢れる住宅街を作ろう、というものだった。

大正十一年に、田園都市株式会社が作ったパンフレットには、こうある。

『（略）一方に於《お》いて大都会の生活の一部を為《な》すと共に他方に於いて文明の利便と田園の風致とを兼備する大都市付属の住宅地ありとせば如何《いか》に満足多きことでありませう。（中略）天然と文明、田園と都市の長所を結合せる意味に於《おい》て田園都市と呼ぶも強《あなが》ち不當ではあるまいと思ひます』

――こうした理念のもとに、人工的に作られた町、田園調布ができたというわけだ。

もっとも、当初は、なにも高級住宅地として作られたわけではない。

どちらかといえば、働き盛りのサラリーマンをターゲットにしていた。

だが、需要があれば価格はあがる。

田園調布という町が、富裕層からの需要を手にしたのは、ただの偶然でもあった。

大正十二年。

田園調布という新しい町の分譲が始まった年であり、同時に、あの関東大震災が東京を文字通り揺るがした年だ。

この地震の時、都心部の無残な被害とはうらはらに、田園調布は当時四十軒ほどの住宅がすでに建っていたが、ほとんど被害はなかった。

そのことを当時の土地分譲の新聞広告に書き添えたこともあり、評判は一気に高まる。そして、同年十一月末には、一万七千坪の分譲契約が、瞬く間に成立したのだった。

その後、田園調布の地価はバブル期にむかって上昇の一途をたどるのだけども、そもそもの発端としては、こういうことだったらしい。

なお、渋沢榮一はあくまで会社の相談役という立場だったわけで、実際の取締役支配人は、その息子の渋沢秀雄という人物だ。

田園調布の一番の特徴である、エトワール式道路……ようするに、放射状に広がった町並みを強く希望したのは、この秀雄だった。

彼は田園都市の現地視察として訪れたサンフランシスコ郊外のセント・フランシス・ウッドという住宅街をいたく気に入り、そこで見たエトワール式道路を再現したいと考えたようなのだ。

『(略)それはその住宅街に美しさと奥深さを与えていた。カーブのある道は、ゆく手が見通せないから人に好奇心と、夢を抱かせる』


「――お前のせいか――――!!」

閲覧室で読みふけっていた僕は、思わず声をあげてしまった。

や、やばい。今日は利用者がほとんどいないから良かったけど……。

そう安堵したとたん、ぽん、と丸めたノートで頭を軽く叩《たた》かれた。

「す、すみません」

「俺だよ、俺。っていうかお前、なに急に大声だしてんの」

「北里《きたざと》」

そこに立っていたのは、同級生の北里だった。

一年生のときの英語のクラスが一緒で、他にも共通の講義をとっていたから、自然と仲良くなったうちの一人だ。

北里は、大概全身黒ずくめの服装で、真っ赤な髪に、左耳にピアスが三つあいている。そんなハードめな外見だけれども、中身はいたって、ごく普通。本人曰《いわ》く、普通なのが嫌で、せめて見た目はイカつくしているらしいけど、ギャップでより一層中身の普通さが際立ってるってことは、たぶん言わないほうがいいんだと思う。

「えっと、このあいだ僕が迷いに迷った迷路の、制作者がわかったもんだから……」

「迷路？　お前、遊園地でも行ったの？」

「……下宿先」

僕の答えに、北里はますます目を点にした。

「下宿先って、九重教授の紹介のとこだよな？　……あー」

司書の人から鋭い視線をむけられて、北里は頭をかく。

「いいよ、外に出よ。もうだいたい読み終わったから」

「いいのか？」

「うん。そっちこそ、大丈夫？」

「俺は返却に来ただけだから」

読んだ本を返すと、僕らは連れだって図書館を出た。

外に出ると、ぽかぽかと暖かい日差しが眩《まぶ》しい。今日は天気も良くて、薄青い春の空がいっぱいに広がっていた。

自動販売機でそれぞれジュースとコーヒーを買ってから、日当たりのいいベンチに座る。このまま昼寝でもしたくなるような、気持ちの良い午後だ。

「そうそう。こないだ、先輩のバンドのライブ行ってきたよ」

「どうだった？」

「まぁまぁ盛り上がってた。可愛《かわい》い子もいたし。お前も来れば良かったのに」

「あー、うん。その頃は引っ越しでバタバタしてたから……」

「そっか。そうだ、下宿先！　どうだった？」

友達の共通ＬＩＮＥに、下宿先が決まったことは一応報告済みだ。

住所までは教えてないけど、まぁ、必要ないし。

「ん……だいぶ、変わってるけど。まぁ、いいとこだよ」

一言で説明するには難しすぎて、なんとなく、無難な返事になってしまう。

都内とは思えない町の風景とか、おばけ屋敷みたいな広い家とか、そこに住んでる風変わりな人について、とか……。

「どのへん？　大学近いわけ？」

「あんまり。通学時間は、前の家と同じくらいかな。えっと、田園調布ってとこ」

「田園調布!?」

僕の返事に、北里は目を剝いた。

「超高級住宅街じゃん!」

「やっぱ、そうなんだ」

「そうだよ。っていうか、なんでお前知らないの?」

「僕、出身は関西だし。第一、お金持ちの住んでるとこなんて、縁がなさ過ぎて知らないよ」

「そりゃ、俺だって縁はないけどさ」

北里はそう答えながらも、「やべー」と、まだ小さく呟いている。

たしか北里は東京生まれの東京育ちだから、僕より全然、イメージがはっきりしてるんだろう。

「今度、他のヤツに言おっと。俺の友達、田園調布住んでるんだぜって」

「……ただの下宿だよ?」

「住んでるってことは間違ってないだろ」

「まぁ、そうだけど」

それでも、多大に誤解が生じる表現だと思う。

でも、かまわず北里はニヤニヤしながら、僕の肩に腕を回した。

「な、なんだよ」

「それで、どういう人と住むことになったんだ？　下宿人って、お前だけなの？」

「うん。僕だけ。もともとそこに住んでる、宝来さんって人と、だから二人暮らしになるのかな」

「それ、男？　女？」

「…………女の人、だけど」

「なんだよ、その間」

北里は怪訝そうにするけど、なんていうか、宝来さんて、性別がよくわからないところがある。

たぶん、話し方のせいかな。

僕は年上の女性が苦手だから、あまり女性っぽくないところは、とても助かったのだけど。

「女かー！　どう？　美人？　おっぱいは？」

「べ、別に……普通だよ」

これは嘘だ。とても美人だと思う。胸は……どうだろう。和服の胸元って、まったいらだから、全然よくわからない。

ただ、そのあたりを言うと、さらにはやしたてられそうだったから。それはちょっと、避けたかった。

「なんていうか、ちょっと変わってるけど、いい人。そんな感じ」

「ふぅん。いやいや、そっかー。お前もセレブかぁ～。今度なんか奢《おご》れよ！」

「だから、僕はただの下宿!!」

じたばたともがいて、僕は北里の腕から逃れる。

セレブだなんて、とんでもない。

お金持ちなのは、あくまで宝来さんだ。

……っていっても、宝来さんも、セレブって言葉とは、イメージが違うけど。

「どんな家？　やっぱお屋敷？」

「……うん。すっごい、でっかい家。古くて、おばけとか、いそう」

「やっぱりそうなんだ！」

手を叩いて北里が喜ぶ。

こっちは二日間、その馬鹿でかい家の掃除にあけくれて、くたくただっていうのに。

相変わらず妙な気配はするし。

「そんなに、いいもんじゃないけど」

「そうか？　んー、まぁ、たしかに、俺も住みたいかって言ったら、嫌だけどさー」

肩をすくめた北里に、ひっかかるものを感じて、僕は尋ねた。

「……なんで？」

すごい所だって褒めるのに、住みたくはないなんて、矛盾してる。

すると、北里は少し眉根を寄せて、口を開いた。

「なんていうか、だって、嫌じゃん。住んでるのも、金持ちばっかなんだろ？　なんか語尾にザマスとか付けるババアとかいそう。どーせプライドも高くて、庶民のこと見下してんだろ。窮屈で仕方がねーよ」

「……う、うーん」

宝来さんは、ザマスとか言わないけど。

余計な口を挟む必要もないし、僕は黙って北里の言葉の続きを待った。

「品がどーのとか育ちがどーのとか、今時古いこと言ってんだろ、どーせ。第一さぁ、金持ちなんてロクなのいないんだぜ？　だって考えてもみろよ、悪いことばっかしてるから、あんなに金があるんじゃねーの」

「……そ、そう、なのかなぁ……」

「そうそう。お前も気をつけろよ？」

ぐいっと、再び北里が僕の首に腕を回して引き寄せる。

そのまま声を潜めて。

「……覚えてるか？　昔、外国人の女の人が殺された事件。あれの犯人、たしか田園調布に住んでたんだぜ？　きっと他にも、バレてないだけで、いろいろ変なことやってるヤツがいっぱいいるんだって。金と権力があるから、何したって大丈夫なんだよ」

「……そ、そうなん、だ……」

たしかに、あれだけのお屋敷に住んでる人たちだ。ちょっと悪いことしても、もみ消すくらい、きっと造作も無いだろう。

まさか、もしかして、宝来さんも……？

「廉はぼーっとしてるからなぁ。世の中ってのは、そういうもんなんだよ。……それとさ、さっきからお前のそばにいる小さな女の子、誰？」

「えっ!!」

小さな女の子なんて、知らない。連れてきてるわけがない。

ま、まさかあの市松人形が、僕を追いかけて……!?

途端に真っ青になって飛び上がった僕を見て、北里がはじけるように笑い転げる。

「相変わらずびびりだなー！　冗談に決まってんだろ！　冗談！」

「あ、……そ、そっか。…………よかった」

僕が怖がりなのはみんなに知られているから、たまにこうして遊ばれてしまう。

もう、慣れたけど……。

「ほんと、なっさけねぇなぁ。こんなんで、田園調布で暮らしていけんのかね」

「わ、わかんないけど……頑張って、みるよ」

曖昧な笑みを浮かべて、僕はそう答える。

「まぁ、なにかあったらすぐ教えろよ！」

北里は明るく笑って、強く僕の肩を叩いた。

その力強さは、頼もしいというより、少しばかり、なんだか痛かった。


北里と別れて、僕は大学の最寄り駅から、電車に乗った。

乗り換え案内アプリで、到着時間を確認する。午後四時半。この時間なら、駅前のスーパーで買い物をして、夕飯には間に合う。

今日はなにを作ろうかな……と考えて、ふと、初日のことを思い出した。

支払い用に、駅前のスーパーで使えるカードを宝来さんが貸してくれた。支払い記録は宝来さんに届くから、なにに使ったかは一目瞭然だ。もっとも、おかしなことに使う気なんて、僕にはもとからない。

ただ、僕はそこで、また驚きの体験をする。

駅にほぼ直結しているスーパーは、まぁまぁの広さで、店内も明るくきれいだ。並んでいる商品も新鮮で美味しそうだし、お客さんも多い。

そこは別に、驚かない。よくあるスーパーの光景だ。

驚いたのは、値段だった。

「うそ……だろ？」

春だから、鰆《さわら》の切り身でも……と、鮮魚売り場に立った僕は、ちょっと後ずさった。

だって、なんで、切り身が一つで千円を超えてたりするんだ!?

肉の値段も、ショーケースに入ってるものなんて、今までとはゼロの数が段違いだ。

だいたい、普通のスーパーに、キャビアはない。いや、あるのかもしれないけど、少なくとも僕は今まで見たことがない。

見て回ると、驚くことは他にもあった。

……なんでこんなに醤油の種類が多いんだ。それに、チーズも、見たことがない種類がたくさんある。ワインの種類も、酒屋並みにそろってた。

かわりに少ないのは、スナック菓子の類いとか、特売のレトルト食品とか、そういうもの。

スナック菓子がないわけじゃない。でも、こんなに輸入菓子ばっかりは、普通並んでないと思う。

「ここ……日本なのか……？」

もはや不思議の国だ。僕の常識と違いすぎて、目眩がする。

いっそ本当に外国だったら、その違いを楽しめただろう。でもあいにくと、ここは日本で、東京の住宅街だ。その分、ショックの桁が違った。

それでも、頼まれた夕食は準備しなくちゃいけない。

震える手で材料を買って、僕は宝来邸に戻った。

帰り道は、さすがにもう迷わなかった。スマホの充電があれば、僕だってそうそう迷ったりはしないのだ。多分。

夕食で出したのは、焼いた鰆と、菜の花の辛子和《あ》え。大根おろしは焼き魚に添えて、箸休めにノリの佃煮《つくだに》と梅干しも出した。

宝来家の冷蔵庫は、ものの見事に、ほぼ空っぽだった。入っていたのは、ビールと梅干し、少しのチーズだけ。冷凍庫には、氷とウォッカがあった。そのほかには、味噌も醬油もない。塩だけがかろうじてあったくらいか。

あのとき、宝来さんが『台所』を普段使っている場所に挙げなかったのも、さもありなん。やや古いながらもきちんと使えるシステムキッチンは、きれいはきれいだけれども、さっぱり使われている形跡はなかった。

今までどうやって食事をしていたのか、甚だ疑問だけれど、僕はとりあえずその日の夕食をこしらえた。

「いかが……でしょうか」

「……ふぅん。なかなかいいな」

宝来さんはそう言うと、一度席を立つ。戻ってきたときには、きれいな花柄の五合瓶を手にしていた。

「なんですか？　それ」

「日本酒だ。ちょうど、ぼちぼち飲もうと思っていたからな」

薄いガラスのグラスは、ちょうど宝来さんの手におさまるくらいのサイズだ。それに、嬉しげに日本酒を注ぐと、匂いをかいで、また目を細めている。

……本当にお酒が好きなんだな。いちいち動作が、うきうきしているのがわかる。

「さぁ、いただこうか。……いただきます」

すっと白い両手をあわせ、軽く食卓にむかって宝来さんが会釈する。

僕もそれにあわせて、「いただきます」と頭をさげた。

「あの、お箸はそれでよかったでしょうか」

台所にあったのは、黒い塗り箸が十膳ほどで、全部同じものだった。これも日頃使っていなそうだから、全部洗って、用意したけど。

「ああ。とくに決まっていないから、気にしないでいい」

そう言いながら、さっそく鯖を一きれ口にして、それから、日本酒を飲む。

次に辛子和えも、一口。そして、日本酒。

宝来さんは目を閉じて、しばらくうっとりと味わってから、満足げに息をついた。

「……うん。合格だ」

「よ、よかった、です」

僕は胸をなで下ろした。

「……菜の花や　月は東に　日は西に、だな」

ぽつりと呟いて、透明な日本酒のはいった杯をゆっくりと傾ける。

「本当に美味しいよ。ありがとう」

そう言う宝来さんは、とても絵になっていた。

宝来さんは、てっきり食が細いかと思いきや、最後のご飯と漬物もきれいにたいらげて、満足げに「ごちそうさま」と去って行った。

日本酒もだいぶ飲んだようだけど、乱れた様子もなかったのは、感心した。

ちなみに。鰆は、僕もびっくりするくらい美味しかった。


昨日はアスパラガスと豚肉のソテーに、蕪《かぶ》のスープだった。その場合は、冷やした白ワインを、やっぱり嬉しそうに飲んでいたっけ。

どうやら、宝来さんは食べるのも飲むのも大好きらしい。

今のところ、僕が作ったものを、どれも心から嬉しそうに食べてくれる。

正直にいえば、それがとても嬉しかった。

部屋は掃除したから、くしゃみもあまり出なくなったし、新しい布団で寝るのもとても快適だ。

……だけど。

まだ、たしかに、「なにか」の気配は感じている。

家の中のどこからか、いつも見られているような。なにかが潜んでいる、なんともいえない息づかいが、今にもはっきりと聞こえそうな気がする。

だから、まだ、夜は小さな灯《あか》りを点《つ》けたまま寝ているくらいだ。

引っ越したばかりで、慣れていないだけだとは思うけれど……。

『第一さぁ、金持ちなんてロクなのいないんだぜ？　だって考えてもみろよ、悪いことばっかしてるから、あんなに金があるんじゃねーの』

北里の言葉が、脳裏に蘇《よみがえ》る。

……たしかに、どうやったら、あんな家に住めるんだろうって、僕も思う。

それに。たったこの数日とはいえ、宝来さんは、一度も外に出かけていない。自室でなにをしているかは知らないけど、少なくとも、働いている様子はなかった。

いくら持ち家といったって、あまり僕は詳しくないけど、税金とか光熱費はかかる。それこそあんなに高い食費とか、着物のお金だって、いるだろう。

――宝来さんは、何者なんだろう。

それこそ今更な問いだとはわかってる。

でも、僕としては、溺れる者は藁《わら》をもつかむ勢いですがりついたわけで、宝来さんの正体について、えり好みしてられる立場じゃなかったのだ。

もしかして……本当はとても怖い人なんだろうか。

正体を知ったら、消されてしまうような。

でも、そんな人を九重教授が紹介するわけがない。

――だけどもしかして、教授も知らないだけだったら……。

そんな風に、頭の中で反論に反論を重ね続けて、田園調布に着いた頃には僕はぐったりとくたびれ果ててしまった。

今日は簡単な料理にさせてもらおう……豚の生姜《しようが》焼きとか……。だったら、キャベツの千切りも添えたい。肌寒いから汁物も欲しいけど……。

そんなことを考えながら、ふらふらと僕の足はスーパーに向かった。

宝来邸に帰り着いたときには、夕暮れのさなかだった。東の空はもう夜の藍色になりかけていて、西の空はきれいなオレンジ色に染まっている。

高い建物がない上に、このあたりはここらで一番高いから、空が本当によく見える。

そして、その空に咲き誇る桜の花。

ひらひらと舞い散る花びらが、風に乗って、地面で不思議な模様を描いていた。

「きれいだな……」


『このまま、好きでいられるといいね』


――あのとき、宝来さんはそう言ったけど。

桜が嫌いになる理由なんて、あるんだろうか。

たしかに、夜桜とかは、きれいで、ちょっと怖かったりもするけど。

なんだっけ……桜の下には、死体が埋まっている、って。

本当は桜の花びらは白いのに、死体の血を吸い上げて、ピンク色に染まっているんだ、とか……。

「まさか、な！」

木の根元に死体があったからって、花の色が変わるわけがない。第一、日本全国の桜の木に、全部死体が埋まっているわけがないじゃないか。造幣局の桜の通り抜けなんて、大変なことになる。

「よし、支度、支度！」

夕食は、七時の約束になっている。

ひと休みもしたいし、ちゃっちゃと用意しよう。

「ただいま帰りました！」

僕が出入りするのは、最初の日に使った玄関ではなくて、台所に通じる勝手口だ。そっちのほうが、通用門から近いし、実際都合がいい。

相変わらず、家の中は入った瞬間、ひんやりと冷たい気がする。薄暗くなってきた廊下の電気を点けて、僕はひとまず、買ってきたものを冷蔵庫に詰め込んだ。

すると、台所の片隅に、新しい段ボールがあるのを見つけた。よくある、ネット通販のマークが書かれた箱だ。すでに開封済みで、ガムテープは剝がしてある。昼間のうちに、宝来さんが受け取ったらしい。

少しためらいはあったものの、箱の中を覗《のぞ》いてみると、中身は、全部酒瓶だった。

種類はバラバラで、日本酒も、ワインも、焼酎もある。少し小ぶりな瓶は、クラフトビールだった。

「ほんとに好きなんだなぁ……」

なるほど、こうやってネット通販で買いそろえていたわけか。

生姜焼きなら、ビールがいいのかもしれないし、クラフトビールは冷蔵庫で冷やしておこう。

ただそこで、僕は伸ばした手をはたと止めた。

日本酒は、どうしよう。冷蔵庫に入れるのかな。いやでも、もともと他の日本酒も入っていなかったから、放っておいていいのか？

僕は自分が飲まないものだから、その扱いもどうにもよくわからない。

少し悩んで、僕は、直接尋ねに行くことにした。帰宅の挨拶もしたいし、声をかけるだけなら、いいだろう。

「……えっと……こっち、だよな」

最初の日に、自室だと教えられた部屋にそうっと近づいて行く。

ここの廊下は、窓もないから、ひどく真っ暗だ。右側には大きな飾り棚と、古い写真が何枚か飾られているけれど、今はそれも暗くて見えない。

そんな中、ドアが薄く開いていて、室内の灯りと、少しの物音が廊下に漏れ出していた。その光を頼りに、僕は暗闇を進んでいった。

「あの……」

声をかけようとした、そのときだった。

僕の耳に、衝撃的な言葉が飛び込んできたのは。

「ああ、そうだ。死体の件は、問題ない。……わかってる。今夜には、必ず」

……死体。

たしかに、宝来さんはそう言った。

どうやら電話中のようで、相手の声は聞こえない。だけど、宝来さんの口調は、いつも通りの、低く淡々としたままだった。

死体という単語など、とくに、なんの意味ももたないかのように。

それに、今夜って？

必ず……なにをするつもりなんだ？

「………」

冷たい汗が、背中を流れ落ちていく。

ドクドクと、こめかみで心音がうるさい。その音を気づかれてはいけないと、僕はなぜだか強烈にそう感じて、そうっと、そうっと、廊下を後ずさりしていった。

自分の息の音さえ気になって、片手で口をおさえた。いや、そうでもしないと、口から心臓が飛び出しそうだったんだ。

今にもあのドアが大きく開いて、宝来さんが、おそろしげな笑みを浮かべて出てきそうで。

『聞いてしまったんだね』

なんて、そう言って……。

「……っ」

ゴクリ、と僕は唾を飲み込んだ。

ただの想像にすぎない。でも、怖い。

そのとき。なにかが、僕のふくらはぎのあたりを、撫《な》でた。

「!!」

やわらかくて、温かい。それは、生きている感触だった。

でも、まわりには、誰もいない。

そして。

もし、もしも、誰かの手が、僕のふくらはぎに触れたのだとしたら、その人は、一体どんな体勢をとっている？

寝そべっているのか……あるいは……、埋まっているのか？

「ひ……」

そんなはずはない。ここは廊下だ。

でも、もしも。おばけなら。桜の下に埋められた死体が、おばけとなって、この家の中に這《は》い出ているとしたら……。

僕は想像する。

半ば朽ちかけたその腕が、獲物を探し、地面を這いずり回る様を。

その手が、今にも僕の足首を掴み、引きずり込むんじゃないか、と……。

「……っ」

悲鳴を押し殺し、僕は階段下の電灯の下に転がり込んだ。ここなら明るいし大丈夫だ。

はぁはぁと、息があがっている。緊張と恐怖で、小刻みに体は震えていた。


多すぎる桜の木。

謎めいた主人。

不気味な気配と……感触。

死体。

もういない、『ハヤト』。

ぐるぐると、そんな単語が、僕の脳内に浮かんでは消えていく。

そして、最後に。

――『今夜には、必ず』

今夜……なにがあるんだろう。

不安を煽《あお》るように、外を吹く風は強さを増し、ざわざわと梢《こずえ》の揺れる音が僕の耳に響いていた。

◇

今日の生姜焼きのお供は、クラフトビールらしい。

冷蔵庫にいれておいたとはいえ、まだキンキンとはいかないが、宝来さんは今夜も本当に嬉しそうにグラスを傾けている。

いつものように、着物姿で。でも、なんだか今日は、顔色がいつもよりさらに白い気がする。……本当に生きているのか、不安になりそうなくらい。

「ビール、冷やしておいてくれたんだな。ありがとう」

「い、いえ……。勝手に触って、すみません」

「いや、かまわない。触られたくないものなら、自室に片付ければいいだけだ」

触られたくないものって、なんだろう。

死体、とか？

いや、それを作るための武器……とか。毒、とか？

まさか、そんな。でも。

……だめだ。今はろくでもない想像しかできない。

「……ああ、そうだ」

「はい!?」

さっき、電話を立ち聞きしていたのが、やっぱりバレてたんだろうか……。

もうほとんど味がわからない生姜焼きを、僕は無理矢理《むりやり》ごくんとのみこんだ。まだ充分嚙んでいなかったから、食道が押し広げられる嫌な痛みが喉に残る。

「どうかしたのか？」

「い、いえ。……なんですか？」

「いや。たいしたことじゃないんだが……」

珍しく少し言いよどんでから、宝来さんは言った。

「今夜は、私は遅くまで起きているけど、気にしないでくれ。……私の部屋にも、くれぐれも近づかないように」

「わ、かりました……」

今夜。

必ず。

またあの言葉が思い出されて、僕は小さく身震いをした。

やっぱり今夜、なにかあるんだ。なにか、秘密にしておかないといけないことが。

「あの、宝来さん」

「なんだ？」

僕は、勇気を振り絞って、宝来さんに問いかけた。

「……宝来さんは、どんなお仕事をしてるんですか？」

返答が、本当かどうかはわからないけど。でも、訊《き》いてみたかった。

すると、宝来さんは、ただ、一言。

「秘密だ」

そう答えて、また、ビールグラスを傾けただけだった。

その後のことは、あまりよく覚えていない。

黙々と夕食を終えて、後片付けをして、僕は部屋に引っ込んだ……ようだ。

ようだっていうのは、とにかく頭が真っ白で、記憶がはっきりしないせいだ。

灯りを点けても、なお薄暗く感じる部屋の隅で、古い調度品に囲まれて、僕は膝を抱えて座り込んでいた。

何度かスマホを手にしては、意味も無く画面を点けたり、消したりしながら。

誰かに助けを求めたほうがいいんだろうか。

でも、どう言えばいいんだ？　具体的な証拠なんて、なにもない。

それでも、恐ろしい想像だけが、僕の中で、ストーリーとして展開されていくのを止められなかった。

……この屋敷の庭には、死体が埋まっているんだ。たくさんの桜の木の下に。

でも、それは誰にも見つからない。だって、あくまでここは、高級住宅街のただの庭だ。誰がわざわざ、掘り返したりする？

宝来さんは、その死体の処理を引き受けることで、富を手に入れているんだ。

ただ、埋められた死体たちの無念の想《おも》いだけが、この土地に染みついて、夜な夜な、屋敷の中をうろついている。

どこからか、じんわりとまとわりつくような視線を送り、暗闇のなかでうごめきながら、時に僕の足を摑んでくる。

——土の中に、ともに引きずり込もうとして。

もしかして。

『ハヤト』も、僕と同じように、そのことに気づいてしまった人物だったんじゃないか。この家に、僕と同じように居候をして、そして気づき、それから…………。

埋められた。


——ギイィィ……

僕の後ろで、ドアが軋《きし》んだ音をたてて開く。

今まで、なんの気配もしなかったのに。

やっぱり、宝来さんが、僕を……!?

「……た、助けて、埋めないで――!!」

「シャ――ッ!!」

「……へ?」

頭を抱えて悲鳴をあげた僕に返ってきたのは、猫の威嚇する声?　だった。

おそるおそる顔をあげると、そこには。

細く、しなやかな体つきをした……真っ黒な猫が、いた。

「……ね、こ……?　え、え、え!?」

猫がいるなんて、ぜ、全然知らなかった!　今まで、気づかなかったし!

え。ちょっと、待って。じゃあ、もしかして……今までの、気配って……。

「なんだ、どうした?　……ああ、エドガー。ここにいたのか」

僕の悲鳴を聞きつけて、宝来さんが部屋までやってきた。

途端に、エドガーと呼ばれた黒猫は、甘えた声をだして、宝来さんの着物の裾あたりに体をすり寄せる。

その体をひょいと抱き寄せ、宝来さんは、腰を抜かしたままの僕を見下ろす。

「差し支えなければ、状況を説明してもらえないか?」

「は、はい……でも、その……。その、猫は……?」

「ああ。まだ紹介していなかったな。この家の住人の、エドガーだ」

宝来さんが喉のあたりを撫でると、黒猫はごろごろと気持ちよさそうに喉を鳴らして目を細める。さっきまで、僕を威嚇していた顔とは大違いだ。

「エドガー……」

「賢くて用心深いから、私以外の人間の前には、滅多に出てこないんだよ。たった数日で君に姿を見せるとは、相当気に入られたようだな」

「はぁ……」

そうだろうか。さっきの顔を見ると、とてもそうとは思えない。

「もしかして、君は猫アレルギーもあったか? だとしたら、悪いことをした」

「い、いえ。それは、ないです。そうじゃなくて、その……」

なにから話せばいいのか、さっぱりわからない。ただ、半泣きになっている僕を見やり、宝来さんはエドガーを床に下ろすと、僕に言った。

「なにがあったかは知らないが、少し話をしたほうがよさそうだな。コーヒーでも淹《い》れよう」

「は、はい。……あの!」

そのまま立ち去ろうとする宝来さんの背中に、僕はあわてて声をかけて引き留めた。

「どうした？」

「すみません、手を……貸して、もらえますか？　まだ、腰が、ぬけてて……」

恥ずかしさで、穴があったら入りたい。

真っ赤になった僕に微笑みかけて、宝来さんが白い手を伸ばす。

ひんやりしたその手を摑んで、僕はようやく、立ち上がったのだった。


「なるほど。君の想像力は、本当に素晴らしいな」

僕が何故《なぜ》あんな悲鳴をあげたのか、そこにいたった妄想話を一通り聞き終わって、しみじみと宝来さんはそう言った。

「……褒めないでください……」

嫌みで言ってるわけじゃないのは、表情を見てもわかる。

宝来さんは、真剣に感心してくれているのだけど、かえってそれがいたたまれないというか……。

「説明が足りなかったのは、悪かった。言うほどでもないと思っていただけなんだがな。しかし、私がここで死体を始末していると思うとは……」

楽しげに宝来さんは忍び笑いを漏らすけど、僕はそれどころじゃない。

「すみません！　ほ、本当に、失礼なことを！」

土下座せんばかりに頭を下げて、僕はひたすら恐縮した。

「だって、宝来さんが、死体の件は問題ない、とかなんとか、電話口で話していたから、その……」

言い訳がましいけど、でも、日常会話にそんな単語、普通出てこないと思う。

「ああ。聞こえたのか。……よし、それじゃあ、すっかり種明かしといこう」

やや芝居がかった仕草で、ぱん、と両手を一度鳴らすと、宝来さんはゆっくりと語りはじめた。

「まず、この家についてだが……もともとは、戦前からあった屋敷でね。それこそ、分譲後すぐに建てられたんじゃないかな。それを、戦後になってから、私の曽祖父《そうそふ》が買い取ったんだ。桜の木も、もともとあったそうだけど、下に死体があるかは私も知らないな。今度、掘ってみようか」

「い、いえいえ！　けっこうです！」

「そもそも、桜の木の下には死体が埋まっているというのは、梶井《かじい》基次郎の『櫻《さくら》の樹の下には』の冒頭の一文からきていると思われるが、それより以前から俗説としてあったとか、もともと桜は不吉とされていたとか、実際にそういった事件があったとか……様々な謂《い》われが取り沙汰されているのだよ。一度調べてみるといい。とはいえ、おそらくは、人々の桜に対する浪漫《ろまん》的なイメージと合致しやすいがために、フレーズとして広まったんだろうな。むろん、実際に信じている人は少なかろうが」

「で、ですよねー……はは……」

さっきまで信じそうになっていた僕としては、小さくなる他ない。

「話がそれたな。なんだったか……ああ、そうか。私の仕事だったたな。簡単にいえば、大家さんだ。曽祖父や祖父から受け継いだ土地が、東京の其処此処《そこここ》にあってね。その管理をしている」

「あ……なる、ほど。え、でも……」

じゃあ、死体っていうのは？

え、もしかして、その土地で……？

「死体というのは、私の別の仕事に関係していてね。残念だが、埋めてはいない」

「な！　なん、で」

「顔を見ればわかる」

断言されて、思わず僕は自分の頬を撫でた。

そんなにわかりやすい表情をしてただろうか。

「私のもう一つの仕事は、作家なんだ。伝奇系ホラーを書いてる。一応、本名のまま発表しているから、知っているかもしれないと思ったんだが……やはり、まだまだ知名度は低いな」

「す、すみません！　ホラーは、僕、あまり読まなくて……」

「そりゃそうだろう。君なら、行間を想像しすぎて、夜寝る前に怖くて小用にも立てなくなるだろうし」

……アタリだ。

もう、宝来さんには、僕のことは全部見透かされてる気がしてきた……。

「まぁ、実際、あまり売れてはいないんだ。気にするな」

「はぁ……わかりました」

「それで、その小説の〆切が今日でね。今日ってことは、つまり、明日の朝、担当が会社にいってパソコンでメールチェックをするまでってことだ。それで、書斎で集中していたくてね。死体の件っていうのは、その小説でのアイデアの話さ。どうするか、少し困っていたものでね」

「…………」

『今夜には、必ず』

言われてみれば、驚くほどあっけなく、そして、……不思議でもなんでもない話だった。

宝来さんが、怖さを煽るような描写が上手なことは、すでに僕は知っている。最初の日、玄関で。よくあんなにすらすらと出てくるものだと思ったけれども、なんてことはない、プロだったってわけだ。

「幽霊の正体見たり、枯れ尾花……だな。でも、いいネタになりそうだ」

「お役に立てたなら……幸い、です……」

振り絞るように答えた僕の声は、弱々しいものだった。

「これで安心しただろう？　もう一度、ゆっくり休むといい。……ああ、そうだ。エドガーの食事は私が出していたが、エドガーが君を気に入ったのなら、今後はそれも頼むよ。詳しいことは、また明日話そう」

「あ、あの！」

脱力した身体から、必死に声を出して、僕は宝来さんに問いかける。

「……僕は、まだ、いていいんですか?」

「…………」

宝来さんのきれいな黒い瞳が、じっと僕を見つめた。

まるで、神様に行いをあらためられているような気分だ。僕は膝の上においた手のひらをぎゅっと握りしめる。

「そうだな。それでは、ひとつ、君がここに住む上で、条件を出そう」

「……はい」

その条件がなんであれ、僕はのむ心づもりで頷く。だって、勝手な妄想とはいえ、宝来さんに対して僕はとても失礼なことをしたって、思うから。

「君が結論を間違えたのは、情報が足りなかった、ひいては、知る努力が充分ではなかったからだ。立脚点が間違っていれば、正しい思考をすることはできない。なかんずく、九重教授のもとで民俗学を志す者であれば、自分の目で見て、感じて、調べたこと以外は、二度と信じてはいけない」

――九重教授は、いつもフィールドワークを大切にしろと教えている。

偏見をもたず、素直な心で、目の前の不思議を捉える心を大切にしなさい。民俗学とは、どんなところからも学ぶことができる学問なのだから……と。

僕は、その教えが胸に響いて、あの大学の門を叩いたはずなのに。偏見に惑わされて、イメージに振り回されてしまった。これじゃあ、まるで……失格だ。

「……わかりました。肝に銘じます」

こんな情けない、恥ずかしい気持ちには、二度となりたくない。

僕は心からそう思いながら、大きく一度、頷いた。

「まぁ、たしかに、ここは変わった町だからな。名前は知っていても、実態を知る人は少ない。民俗学を学んでいるなら、良い機会だ、この町についても、自分の目で学んでいくといい。たしかに、魑魅魍魎《ちみもうりょう》のひとつやふたつ、いてもおかしくはないからな……」

魑魅魍魎。

口角をあげて、宝来さんが言うと、また無駄にぞっとするけど……。

「見つけて、みせます。……自分の、目で」

もう、無駄に怖がるばかりはやめる。

魑魅魍魎が隠れているというのなら、その正体を、僕は、自分の目で確かめたい。

そうでなきゃ、だめなんだ。

「その意気だ」

宝来さんの手が、僕の頭を軽く撫でてくれた。

子供の頃以来のその感触が、無性に嬉しく感じられて、僕ははにかんで笑った。

「……うん。やっぱり、似ているな」

似ているって……あ、そうだ！

「あの！　似てるって、ハヤトって、人ですか？　その人って、一体……」

その謎は、まだ残っている。

ちゃんと今度はそう尋ねた僕に、宝来さんは数度瞬《まばた》きをしてから、答えた。

「幼い頃に飼っていた犬だ。あまり賢くはなかったが、人なつっこくて可愛かったぞ」

「……犬？」

「ああ」

犬、って。

犬に似てるって、それって……。

「可愛らしいってことだ。気にするな」

「……はぁ……」

でも、やっぱり、素直には喜べない気がする……。

複雑な気持ちで黙り込んだ僕を見下ろして、エドガーは棚の上で、退屈そうに欠伸《あくび》をしていたのだった。

◇

こうして、僕は、おばけ屋敷の住人となった。
同時に。
——僕にとって驚きに満ちた、不思議な町での暮らしが、ここから始まったのだ。

調査報告補遺

エドガーの
言うことには

Haunted house of Denenchôfu
Makoto Shinohara

あたしの名前はエドガー。

この家の主よ。


この家には、あたしの他に、もう一人、同居人がいるわ。

名前は、ミドリ。

時々朝寝坊してあたしの朝ご飯の支度が遅れることを除けば、悪くない同居人よ。

ベッドを温めておいてくれるところも、気に入ってるわ。

あたしは毎日、この家の中を見回って、あとは好きな場所で過ごしているわ。家の中は広いし、飛び乗るところも、隠れるところもたくさんあって、とてもステキなの。家と言っているけど、あたしにとっては、大切なお城みたいなものね。

それと、たまに気が向いたときには、虫を捕まえて遊んだりもするわ。

そういうとき、ミドリに見せてあげると、素晴らしいとあたしを褒めてくれる。そういうときは、ちょっと気分がいいわ。

ミドリは悪い子じゃないけど、ちょっとどんくさいから、あたしみたいに身軽でも、素早くもなくて、狩りはできないのよね。

あとは、たっぷりお水を飲んで、ご飯を食べて、日向《ひなた》で寝るだけ。

ごくたまに、知らない人があたしのお城に入ってきたりするけど、そういうときは、あたしは秘密の場所に隠れることにしてる。

あたしのこのすんなり長い尻尾も、日頃のお手入れをかかさない艶々した黒い被毛も、そう簡単に見せてなんかあげないの。

触るなんて、もってのほかよ。このきれいな毛並みのために、どれだけ手間をかけてると思ってるの？　冗談じゃないわ。

ただ、そうね。ミドリだけは特別。

気が向いたときには、撫でさせてあげる。

ミドリはちゃんと、あたしの撫でてほしい場所もわかってるし、しつこくしない。大きな声を出したりもしない。

ちゃんと分をわきまえてる人間なのよ。

だから、あたしとミドリは、そうやって、毎日穏やかに暮らしていたの。

でも、ある日、見知らぬボウヤがやってきたわ。

◇

その日は、暖かくて、気持ちのいい午後だったわ。

人が来る気配を察して、あたしはそっと身を隠していたの。

案の定、いきなり大きな音がして、あたしはため息をついたわ。ほんと、無作法者には、あたしのお城に入ってきてほしくないのだけど。

そうしたら、なんてこと！

しばらくして、その人間を、ミドリはあたしのお城の二階にまで招き入れたのよ。

信じられないわ！

しかも、なおよ。

『この部屋の家具は、好きに使っていい。まぁ、ガラクタばかりだけどな。……ああ、そうだ。布団だけは新品を用意しておいた。下にあるから、後で取りにおいで』

『ありがとうございます！』

使っていいって……どういうこと？　あたしの許可もなく！

この部屋は、日当たりもよくって、あたしのお昼寝場所のひとつだったのに！

これじゃ、もう使えないじゃない！

ミドリもミドリよ。どういうつもりなのかしら。後でコウギしなくちゃ。

……そう思いながら、そうっと気配を消して、あたしは隣のバスルームのドアを薄く開けて、中に入っていった。ここには、あたしのお気に入りのおもちゃがひとつ、しまってある。あのボウヤがあの部屋に住むなら、移動させなくっちゃ。

そのときだった。

『どうした？　遠城寺くん』

『あ、あの。……すみません、変なこと、言いますけど。僕、こういう古い一軒家って、初めてで……。なんだか、僕たちのほかにも、いそうな感じがするなって……あは、は』

……ふぅん。

あたしの気配に気づいたのかしら。それに、もしかして、怖がってる？

それなら、ちょっと愉快ね。ふふ。

その夜。

いつものようにご飯をくれたミドリの膝の上に乗って、あたしは散々にコウギの声をあげた。

「ちょっとミドリ、あのボウヤはなんなの？　あたしのお城に無断で人間を増やさないで！」

『そうそう、エドガー。彼は、今日から二階に住むことになったんだ。遠城寺くんと言うそうだよ』

「きいてないわよ、そんなこと！　いつまでいるの!?」

『うん、そうだよ。君の気に入るといいんだけどね』

……まったく。

ミドリは気が利かないほうじゃないと思うけど、あたしの言葉をいつまでたっても正確には理解してくれないらしい。あたしはちゃんと、ミドリの言葉がわかってるっていうのに。

人間って、本当にどんくさい生き物だわ。

——仕方がない。ここはあたしが、主としての度量の広さを見せてあげるしかないってことね。

とりあえずは、様子見をしてあげるわ。

でも、当分は、姿を見せたりなんてしてあげないんだから。

◇

それから、ボウヤはすごい勢いで二階でばたばたとなにかし始めた。物を動かしたり、なんだか、大きな音をたてる棒みたいなのを振り回したり。お掃除ってやつかしら。たまに、人間が数人やってきてする、アレだわ。

あたし、お掃除も嫌いよ。うるさいし、お気に入りの場所も片付けてしまうし。

案の定、なんだかすっかり、あたしのお城の一角は様変わりしてしまった。

しばらくは、ミドリの部屋で過ごすとしましょう。最近はミドリが忙しいらしくて、ベッドにはなかなか帰ってこない分、ゆっくり過ごせるもの。

あたしは穏やかな静けさを、なにより愛するのよ。コーショーな生き物っていうのは、そういうものなの。

それからしばらく、時々物陰からあたしはボウヤを観察した。

それでわかったことは、ボウヤは、そう危険な人間じゃないってことね。

むしろ、時々ビクビクしているようだわ。

その気持ちは、わからなくもないのよ。猫だって、初めての場所には、慣れるまで時間がかかるものだから。ただ、言っておくけど、怖いわけじゃないのよ。あたしたちは、とてもシンチョウだってことよ。

ただ、ボウヤの場合は、本当にただ怖がっているみたいだったわ。一体なにが、そんなに怖いのかしらね？

でもまぁ、少しは警戒を解いてもいいかしら……と、あたしがそう思った、矢先のことよ。

珍しく、ボウヤがミドリの部屋の前まで来ていたの。

ミドリのテリトリーには、滅多にボウヤは入ってこない（テリトリーは大切なものだからね）。でもその夜は、ちょっと様子が違ったわ。

いつにもまして、ボウヤはおどおどしていて、ちょっと可哀想《かわいそう》なくらいで。

だから……あたし、少しだけ、サービスしてあげたのよ。

軽く体を触れさせて、挨拶してあげたの。

そうしたら……そうしたら、ひどいのよ！

ボウヤは途端に全身を硬直させて、ゆっくり、後ずさりをはじめたわ。そのまま、階段の下まで行くと、腰をぬかしてへたりこんでしまったの。

ちょっと、どういうこと？

このあたしが、わざわざ挨拶をしてあげたっていうのに！

失礼しちゃう！


それから、ボウヤはなんとか立ち上がって、台所に行った。ミドリもそのうち部屋から出てきたわ。たしか、食事の時間らしいわ。

あたしはその間、あの非礼に対してどうするべきか、じっと思案していたの。

あたしのコウギの手段は、いくつかあるわ。言葉もあるし、このあたしの自慢の爪《ネイル》でひっかくという手もあるわ（たまにミドリに切られてしまうけど、幸い今は、いい感じに鋭く伸びているし）。粗相をする子もいるらしいけど……あたしはそれは、やらないわね。エレガントじゃないもの。

さて、あのボウヤには、どちらにするべきかしら？

そう、あれこれ考えているうちに、とある考えが閃《ひらめ》いたの。

たまにあるでしょう？　ふっと、まったく違う意見が、誰かから囁《ささや》かれるように思いつくことが。そういう感じよ。

つまり——ボウヤは、あたしの美しさと尊さを、まだきちんと理解できていないいんじゃないかしら、ってこと。

それもそうね。まだ、あたしは自分の姿を、ボウヤには見せていないんだもの。ボウヤがただの、おとなしい人間だってことは、あたしはこの数日で見抜いてる。なら、そろそろ、あたしの姿を見せてあげてもいいかもしれない。

そうすれば、自分がいかに愚かなことをしたか、ボウヤにもわかるはずだわ。

それから、あたしはミドリの部屋で、自分の食事をゆっくりと済ませ、念入りに毛繕いをしてから、二階にあがっていった。

今日のあたしの毛皮も、カンペキに美しく輝いているわ。

美っていうのは、時として、なにより説得力をもつの。

つまり、あたしがカンペキな存在であるってことが、見ればわかるっていうことよ。

長い尻尾を立てて、あたしは足音もたてず、モデルみたいなウォーキングでボウヤの部屋に近づいて行った。

さぁ……どう反応するかしら。

ボウヤの部屋のドアは、一見閉まっていても、強く押すと開くとあたしは知ってる。ぐい、と両前足に力をこめると、軋んだ音をたてて、いつものようにドアは開いた。

来てあげたわよ、世話がかかるボウヤ。

さぁ、好きなだけあたしを褒《ほ》め称《たた》えなさい。

こんなきれいな猫は見たことがないとか、お仕えできて嬉しいとか……。


だと、いうのに。

ボウヤの反応ときたら！

『……た、助けて、埋めないで――!!』

あたしに向かって、いきなりそう大声で叫んだのよ!!

「なんなの、それ！　他に言うべきことがあるでしょう!!」

一喝すると、ボウヤは半べそをかいたまま、目を点にしてあたしを見たの。

『……ね、こ……？　え、え、え!?』

ふぅ。ようやく、少しは落ち着いたようね。

信じられないって顔して、ボウヤがあたしを見つめる。あたしは自分が一番ステキに見える角度になるように、軽く喉をそらして、尻尾をぱたんとひとつ振ってやった。

『なんだ、どうした？　……ああ、エドガー。ここにいたのか』

さっきの叫び声をききつけて、ミドリがやってきたわ。

なんでもないのよ、ミドリ。ボウヤに、あたしの姿を見せてあげただけなの。

ミドリはあたしを抱き上げると、あらためて、あたしのことをボウヤに紹介している。なんだ、まだ名前を教えていなかったのね、ミドリったら。

『賢くて用心深いから、私以外の人間の前には、滅多に出てこないんだよ。たった数日で君に姿を見せるとは、相当気に入られたようだな』

別に、気に入っちゃいないわ。

……嫌いでもないってだけよ。

それから、ミドリとボウヤは、一階に降りていって、色々お話をしたみたいだけど、あんまりあたしには関係ないことだし、よく覚えてないわ。

あたしには、それより大事なことが、たくさんあるもの。毛繕いとか、爪の手入れとか、今具合の良い場所を探すこと、とかね。

ただ、そうね。

次の日から、あたしの朝の食事は、ボウヤが担当することになったの。

ミドリはなかなか朝のご飯を出してくれないから、これはよかったわ。

それと……。

『あの、宝来さん。一つ聞いてもいいですか?』

ボウヤが、ミドリに話しかけている声が聞こえた。

あたしは窓際の専用のベッドで、これからお昼寝するところだったわ。

『どうぞ』

『エドガーって、女の子ですよね?』

『ああ』

………。

『こんなにきれいな猫、僕、初めて見ました。本当に、美人さんですよね』

『そうだろう? 私もそう思うよ』

……ふぅん。

そう。ようやくわかったのね。

そうね、あたし、ボウヤを認めてあげてもいいわ。

エドガー。あたしの名前。

本当は男の名前だなんてこと、知ってるわ。だっていつも言われるもの。「メスなのにエドガーだなんて、おかしい」って。

そう笑う人、本当にいるもの。
あたしの大切な、ミドリがくれた、たったひとつのあたしの名前を。
でも、ボウヤはそうは言わなかった。
だから。
……とりあえず、あたしのお城に住むことを、許してあげることにしたのよ。
もちろん、まだまだ、撫でさせてなんてあげないけど、ね。

調査報告2

ローレライは蘇った

Haunted house of Denenchôfu
Makoto Shinohara

桜の花びらは、どこにいくんだろう。

咲いて、散って……それから。

いつか地面に還《かえ》っていくのか。

そんな風に、この想いも、傷も、……消えていくのかな。


……なんて思っていたころが、僕にもありました。

お教えしましょう!!

桜の花びらは!! そこを管理している人が!! 一生懸命、箒《ほうき》で掃いて片付けるんです!!

「……もう、イヤだ……」

竹箒《たけぼうき》を持ったまま、僕はげんなりと呟いた。

僕がこの屋敷に住み着いてから、二週間がたつ。

美しく咲いていた桜も、すっかり葉桜となり、……あとに残されたのはパーティー会場の後片付けのようなものだった。

庭に散った部分はまだいいが、ぐるりとこの屋敷を囲んだ道路の部分は、やっぱり掃除しないといけない。道路隅の排水溝の蓋部分にそって、踏むとふんわりと柔らかいほど積み上がった桜の花びらは、水気を含むとずっしり重い物体に変化する。しかも、薄い花びら一枚一枚は、べったりとアスファルトに貼り付いていたりして、竹箒で力をこめて掃かないと、きれいに剥がれないのだ。

僕はこれで、庭掃除で筋肉痛になるという、生まれて初めての経験をした。

乾いていれば楽ちんかと思えば、そうは問屋が卸さない。

今度は軽すぎて、掃き集めたそばから、風が吹くなり飛んでいってしまう。

必死でかき集めた分が、一陣の風に吹き飛ばされたあげく、小さなつむじ風に乗って僕の前でくるくると回り始めたときには、本気でバカにされてるみたいな気持ちになった。

宝来家は、庭が一五〇坪、建物部分が一〇〇坪。合計二五〇坪というバカ広い敷地であり、そのうち二つの面が道路に接しているわけで、僕が掃く距離はだいたい、六十メートルくらいある。

歩くだけなら、たいしたことのない距離だけど……それを全部掃除するとなると、本当に、バカにならないくらいくたびれるわけで……。

「終わり、ました……」

パンパンになったゴミ袋を手に、竹箒を片付けて、僕はよろよろと庭に戻ってきた。

庭への入り口には、バラのツタが絡まるアーチがあって、今は花もぽつぽつと咲いている。そこから、一面の緑の芝生が広がり、それをぐるりと囲むように、低木の植木がいくつか。それと、大きな庭石や、石灯籠が置かれている。

それら全てを睥睨《へいげい》し、覆《おお》い被《かぶ》さるように枝葉を広げているのが、なんといっても桜の木だ。

今は柔らかな緑色の葉をその枝に繁《しげ》らせ、涼しい日陰を作り出してくれている。見上げれば、木漏れ日がきらきらときれいだった——けど。

「……これ、全部……秋に、落ちるんだよ……な……」

あ。今、本気で目眩がした。

「ご苦労さま」

木陰に並べた庭用の椅子に腰掛け、宝来さんは優雅なひとときをすごしていた。

テーブルの上には、表面にうっすらと汗をかいたグラスがひとつ。中には、金色の液体が、泡だっている。

「ビールですか？」

「パナシェだ。レモネードとビールを混ぜた、カクテルのひとつだな。材料なら台所にあるから、ひと休みするといい」

「僕は、麦茶でいいです……。昼間っからなんて、珍しいですね」

宝来さんはお酒が好きだけど、基本的に食事と一緒にしか飲まないし、それもだいたい夜だけだ。こんな風に、昼間からだらだらとしているのは、初めて見る。

「今朝仕事が終わったんだ。だらだらさせろ」

「このあいだ終わったんじゃなかったんですか？」

「あれは初稿。今朝終わったのは修正だ」

そう言って、宝来さんはまたパナシェのグラスを傾けた。

あれから、僕も宝来さんの作品を読ませてもらった。だけど、グロ耐性のない僕には怖すぎて、申し訳ないけどギブアップせざるをえなかった。

『別に、かまわない。同居人の書いたものなんて、読まないほうがいいこともあるしな』と宝来さんが言ってくれたから、ありがたかったけど。しばらくは、寝る前に、エドガーの気配にびくびくする羽目になった。

台所で冷えた麦茶を用意して、僕も庭でひと休みすることにした。

こうしていると、爽やかな風が気持ちいい。どこからか鳥の声もする。

都会の喧噪《けんそう》とはかけ離れた、贅沢《ぜいたく》な心地よさに、僕も先ほどまでの疲れが癒やされていくようだった。

「気持ちいいですね……」

「そうだな。君が掃除をしてくれているおかげだ」

「ありがとう、ございます。ああ、そうだ。これ」

僕が懐から取り出したのは、小さな饅頭《まんじゅう》だった。二つある。

「どうしたんだ？」

「掃除をしていたら、近くのおばあちゃんがくれました。宝来さんと、僕にって」

「そうか。ありがたいな」

「はい」

掃除をしていると、歩いている人が自然と声をかけてくれる。お疲れ様だとか、今年も桜がきれいだったわね、とか。

それで、たまにこうして、お菓子とかくれたりする。

こういうところは、高級住宅街っていっても、なんだか下町っぽい。

「塩瀬総本家の饅頭か。久しぶりだ」

「……めっちゃ美味しいです」

ただ、くれるのがそこらの駄菓子じゃなくて、老舗の有名店の、っていうところは、やっぱりお金持ちってことなんだろうな。着物姿の人も、見かけることが多いし。

……そういえば。

「宝来さんって、いっつも着物ですよね」

「まぁ、そうだな」

「着物って、もっと袖が長いのかと思ってました。こう、びろーって」

「それは、振り袖というんだ。日常では、まず着ない」

「宝来さんが着てるのは、なんて言うんですか？」

今日は、モノクロの市松模様の着物に、臙脂色の帯だ。

種類とかはよくわからないけど、似合ってるなぁとは思う。

「ただのウール着物だ。タンスのなかにあるものを、適当に着ているだけだから。もっとも、サイズがあうものだけな」

「着物って、サイズがあるんですか？」

「あるぞ。私の場合は身長が高いから、少しばかり苦労する。……ただ、流行もないし、何年同じ物を着ていてもかまわないし、それでいてきちんとしているように見えるからな。実に経済的だ」

……そういう理由だったとは、知らなかった。

「私は、服を選ぶことに時間をかけたくないんだ。面倒でかなわん」

「あー……それは、わかります……」

僕も、正直、お洒落《しゃれ》ってものがよくわからない。たまに雑誌で読んだりするけど、そもそも用語が理解できなかったりして、結局、無難な色で無地の服を買って、適当に着てたりする。清潔できちんとしているなら、まぁいいかなって。

北里なんかには、もう少し努力しろって叱られるけど、でも、興味がもてないものは仕方ない。

そうしたら。

「そうか。気が合うな」

突然、ふっと微笑まれて、なんだかどきっとしてしまった。

本当に、宝来さんなんて、美人なんだから。ちょっと手をかけたら、もっとすごくきれいになりそうだ。

そういえば……恋人とかって、いるのかな。

……いや、別に。そんなこと、僕が知っている必要はないんだけど。ただの、居候なんだし。

「遠城寺くん」

「はい？」

不意に。

宝来さんの白い指先が、僕の唇に触れた。

「……え……」

「饅頭のあんこがついていたぞ」

……は、恥ずかしい。そんな、子供みたいな……。

でも、び、びっくりした。

一瞬、心臓が止まるかと思った。

かぁって、頬が熱くなってる。たぶん、赤面してしまってるんだろう。

「ありがとう、ございます。あ、あの！　僕、買い物行ってきます！」

僕はそう言うと、半ば逃げ出すようにして、その場を離れた。

宝来さんて、不思議な人だ。

僕は、年上の女性が苦手なんだけど、宝来さんのことは最初から大丈夫だった。

たぶん、男か女か、ぱっと見はっきりしない雰囲気のせいだろう。

頭が良いところも、尊敬してる。

でも、別に、その……恋とかそういう、好きって感情は、別に……たぶん……。

いや、とにかく。今はそんなこと考えてる場合じゃない。

まずは食材の買い出しだ！　それと、台所の掃除！　たまの休みなんだから、レンジまで磨《みが》きたいし！　うん！

そう強く決意すると、僕はぶんぶんと頭を振って、なんだかもやもやした気持ちを、外に追い出した。

◇

買い物がてらの散歩は、この町に来て好きになったことのひとつだ。

起伏が案外あるから自転車には向かないけど、ぶらぶら歩いていても気持ちが良いし、とくにこの季節は、どこの庭も色々な花が咲いていていて見飽きない。放射状に広がった道は銀杏《いちょう》の並木道になっていて、青々とした葉が春の日差しにきらめいている。

やっぱり、ここはきれいな町だと思う。緑が多くて、空が広くて。多摩川のほうにも大きな公園があるらしいから、今度そっちに行ってみようかな。そんなことを思いながら、僕はスーパーの袋を下げて、家に戻ってきた。

……あんなに掃除したのに、また花びらと葉が道路に落ちてる。いや、もういい。キリがないし、これは明日にしよう……。

「……あれ？　お客さんかな」

通用門を通り、勝手口から家にあがると、きゃっきゃと明るい声が聞こえた。宝来さんの声では、あきらかにない。アニメに出てくる女の子みたいなハイトーンで、早口になにか話している。

一応、こういう場合、居候とはいえ僕も挨拶をしたほうがいいのかな。

「宝来さん、ただいま帰りました」

客間をのぞくと、宝来さんがちょうどソファに座るところだった。客人も、どうやら今来たところらしい。

　この客間も、はたきと掃除機をかけておいてよかった、と僕は内心で安堵する。

「ああ、おかえり。ちょうどよかった。彼女からいただきものがあるんだ。箱から出してくれないか？」

「あ、はい。わかりました」

「おもたせをさしあげて、申し訳ないが」

「いえ！　嬉しいです！　モンブランのケーキ、私も食べたかったんですよー!!」

　ポニーテールの髪を揺らして、その人ははじけるような笑みを浮かべた。

　白い柔らかそうなシャツに、ゆるめのサイズのピンクのカーディガンを羽織って、花柄のふわりとしたスカートを穿《は》いている。茶色い髪色で、両耳の前だけ一房髪を長くしているのって、よくアイドルとかでも見かけるやつだ。

　全体的には、小柄で、丸顔の、ちょっとむっちりした体形の人だった。


「へぇ、それで、宝来先生のところに！　なんだか、書生さんみたいですね」

「たしかにそうだな。想像力なら、私よりあるくらいだから」

それはあんまり、褒められた気がしません、宝来さん……。

そう思いながら、僕はテーブルに紅茶とケーキを並べた。

宝来さんが同席をすすめてくれたので、僕もソファの脇にある椅子に腰掛けて、隅っこでお相伴にあずかることにした。

箱に入っていたモンブランは、四つあった。僕も、甘いものは嫌いじゃないから、ラッキーだ。

「わー、これが日本発祥のモンブランなんですねー。黄色いのって、逆に新鮮かも！」

「そうなのか」

「はい、そうなんですよ！　最近は本格派の茶色のモンブランのほうが主流なんですけど、これは栗《くり》の甘露煮を使ってるから、クリームがきれいな金色なんです。あ、すみません。写真撮っていいですか？」

そう許可をとると、さっそく彼女はスマホを取り出し、何枚かケーキの写真を撮った。アングルにもこだわりがあるようで、さかんにスマホを傾けたり、あれこれ操作している。

「私、美味しい食べ物を撮るのが趣味なんです！　インスタも、食べ物ばっかりで」

　そう言って見せてくれた画面には、たしかにずらりと食べ物の写真が並んでいる。ケーキやら、パスタやら。でも、こじゃれたものだけじゃなくて、ラーメンとか焼き鳥まである。

　たしかに、食べるのは好きそうな外見をしてる。いや、悪い意味じゃなくて、その。

「あ、そうそう。自己紹介まだでしたね。私、こういう者です！」

　スマホを脇におき、今度はカバンから名刺を取り出すと、僕に差し出す。

「ありがとうございます。あの、僕は、遠城寺廉といいます。W大学の二年生です。名刺とか、ないので……すみません」

　そう詫《わ》びながら、僕は名刺を読んだ。

　株式会社S社、大城《おおしろ》……。

「鴫子《しぎこ》っていいます。鴨子《かもこ》じゃないですからねー！」

　よほどよく間違えられるのだろう。定型文のように口にすると、大城さんは明るく笑った。

「私がお世話になっている出版社の方だよ」

　はぁ、なるほど。それで、宝来さんに珍しくお客様だったわけか。

　っていうことは、大城さんも、怖い話が大丈夫なんだろうなぁ。

「それにしても、ステキな町ですね！　私、初めて来ましたけど、なんだか感動しちゃいました〜！　お庭の桜も、満開のときは、きっとステキだったんでしょうね」

「たしかに、もう少し前のほうが、見頃だったな。残念だ」

『桜』という単語を聞いた途端、僕が渋い顔になったのを見逃さなかったのだろう。くく、と宝来さんが忍び笑いを漏らす。

「ええ、だから、やっぱりこの企画、やりたいなぁって思いました！」

そう言って、どん！　と彼女がテーブルに置いたのは、A4サイズの書類だった。表紙にはでかでかと『高級住宅街に潜む怪奇！』と書かれている。

やっぱり、この人も、怖いものが平気な人なんだ……。

「きれいで平和な町だからこそ、裏になにかがあるような浪漫があるんですよね！　調べたら、けっこう色々な怪奇話っぽいのがあるんですよ。それを検証して、是非宝来先生に、一冊にまとめていただけたらなと。やっぱり地元に住む方のほうが、その土地の、なんていうか……空気感とか？　そういったものが、より臨場感をもって描写できると思うんです！」

そう、情熱的に大城さんが力説する。

宝来さんは「なるほど」と言いながら、書類にぱらぱらと目を通しはじめた。

「田園調布の怪奇話……ですか？」

「そうなんですよー。そうそう、最近ネットで見かけたのは、消えた子供の怪ですね！　よかったら、遠城寺くんも読んで、感想ください！」

「え、あ……はい」

怖い話は苦手だからイヤです、とは、ちょっと言えない勢いで、僕にも同じ書類が手渡された。

消えた子供の怪、とは、こういう内容だ。


——駅の近くの、とある喫茶店の一角には、何故か古い土蔵がある。

店内は何度も改装され、モダンなデザインに統一されているというのに、その土蔵だけは変わらず、手をつけないまま残されているのだ。

それはかつて、そこで消えた子供のため……という噂《うわさ》だ。

昭和も半ばを過ぎた頃。母親たちに連れられ、数人の子供のグループがその喫茶店にやってきた。母親同士のおしゃべりに飽きた子供たちは、店内でかくれんぼをはじめた。とはいっても、そう広い店でもない。すぐに遊びは終わるかと思われた。

……しかし、そのうち、土蔵に隠れた一人は、いつまでたっても見つからなかった。

そのままそこで、行方不明になってしまったという。

以来、その土蔵は立ち入り禁止となり、今も人が入れないようになっている。それでも、取り壊しの計画が持ち上がるたびに、原因不明の災いがおこるため、壊すこともできないらしい。

深夜、その店の近くでは、今も時折、子供の声を聞く人がいるという。

『もう、いいよー……』と。


「……こ、っわ!! ちょっと、これどこの店ですか!」

鳥肌をたてて、僕は思わずそう叫んだ。

「ただの噂だから、わからないよー。まぁそれを、真偽を含めて、是非宝来先生に検証して書いていただきたいんです」

「土蔵に消えた子供、ね……。モチーフとして面白いね」

「そう思われますか？　よかったです！　あ、でも、私の一番の推しは、この話なんですよー!!」

大城さんが胸をはって僕たちに語ってくれたのは、以下のような話だった。

多摩川に潜む、ローレライの物語。

田園調布から多摩川へと向かい、浅間神社を過ぎると、すぐ目の前に見えてくる。調布取水堰《ぜき》。東京と神奈川を繋ぐ丸子橋と並行するように作られた、多摩川に多く存在する堰《せき》のひとつだ。

昭和十一年に、取水と防潮のために作られたこの堰は、実は、多くの事故の現場でもあった。

昭和二十九年には、貸しボートで遊んでいた地元の高校生や、水泳をしていた子供、また、行方不明になっていたという男性を含め、なんと十人以上の死亡事故が起きている。それから、昭和三十年代にいたるまで、この付近では毎年のように、誰かが川で溺れ、その命を落としたという……。


「ただ、決まってそういう人は、この付近の住人ではないんですよ。まるで、あそこに呼ばれたみたいに、ふらりとやってきて事故に遭う。……不思議ですよね」

先ほどまでのハイテンションとはうってかわって、淡々と語る大城さんの口調が、めちゃくちゃ怖い。

太陽が雲に隠れたのか、ふっと部屋もひときわ薄暗さを増したようで、僕はごくりと唾を飲み込んだ。

「それだけじゃないんです。……夜になると、水音がして、なんだろう？　とそちらを見ると……白い人影があったり、泳いでいる人がいるそうなんですよ。それで、なんだろうと思っているうちに、気づけば自分も川に足を踏み入れていた……なんて人もいたそうです。それでついたあだ名が、多摩川のローレライ、と」

ローレライ、というのは僕も知ってる。

ライン川に住む妖精で、その歌声で漁師を魅了し、船を沈めてしまうという。

ただ、それはあくまで海外の話で、日本にそんな伝説があるなんて、僕は初めて聞いたけど。

「たしかに、あの付近の事故は多かったと聞いている。祖父もよく見かけたと言っていたよ」

「え、事故をですか？」

「事故現場ではないがな。——遺体だよ。水死体は、むしろをかけて、一晩は河原に安置しておくんだ。万が一にも、息を吹き返すかもしれないからね。川崎に出かけた帰り、丸子橋を渡っていると、そうしたものを見かけた……という話だ」

「なるほど、いいですね！」

なにがいいんだろう……と僕は思うが、大城さんは嬉しげに両手をあわせて声を弾ませている。

「で、でも、それって昔の話……ですよね？」

「それが、違うんですよ！」

大城さんに断言されて、僕は思わず縮みあがった。

「最近また、あの近くで死体が見つかったりするんです。川底だったり河原であったりはするんですけど……。つまり、ローレライが再び蘇ったかもしれないんです！」

「ほほう、それは興味深いね」

「ですよね！　夜中に不審な水音がしたり、川面《かわも》に立つ白いものを見たって話もあったりして……これは是非、自分で調査しなければと思って！」

「調査、か……」

宝来さんが、ちらりと僕を見た。

え、まさか、もしかして……。

「鴫子くん。君が行くというなら、私も同行しよう。遠城寺くんも、いい機会だ。夜の散歩としゃれこまないか？」

「え……っ！」

「治安が悪い場所ではないが、人気もない町だ。夜中に女の子ひとりじゃ危ない」

「…………」

そう言われてしまうと、その通りで、ぐうの音もでない。

怖いからイヤ、とはとても言えず、僕は「はい」と頷く他なかった。

「ありがとうございます！　わぁ、楽しみ！」

なんで心霊スポットに行くのが楽しみなんだ!?

僕には全く理解できない。でも。

「遠城寺くん。フィールドワークは君の学問の基本だ。その目で確かめる、いい機会になると思うよ」

「……はい」

そうだ。

『自分の目で見て、感じて、調べたこと以外は、二度と信じてはいけない』というのは、僕がここで生きていく上での、宝来さんとの大事な約束だから。

多摩川のローレライの正体。それを、僕は自分の目で、確かめなきゃいけないんだ。

「それなら、今夜、このまま行くといい。遠城寺くん。彼女の分も、夕食は準備できるかな」

「え？　あ、はい。大丈夫です」

今日のメニューは、桜エビの炊き込みご飯がメインだから、人数が増えても対応がきく。焼き魚とかじゃなくてよかった、と内心で僕は胸をなで下ろす。

「遠城寺くんのご飯は美味しいから、楽しみにしてくれ」

「やったー！　ご馳走《ちそう》になります！」

食いしん坊らしく、両手をあげて大城さんは喜びの声をあげた。


「わぁ、すごい！　これ、全部廉くんが作ったの？」

「あ、はい。一応」

「なんか、ちゃんとしたご飯って感じだよねぇ」

大城さんは、感動って感じで両手をぐーにして、胸の前あたりで震わせている。女の子って、美味しいものを前にすると、こういう大げさな仕草するよなぁ。宝来さんはあまり動作が大きくないから、なんだか新鮮だ。

今日のメニューは、桜エビの炊き込みご飯と、空豆の煮物。それと、わかめとキュウリの酢の物は、僕が好きだから、季節に関係なくわりとよく作る。他に、黄色が欲しかったから、甘い卵焼きも作った。

宝来さんの家には、やたらと食器が多いから、お客様がいてもそういった意味では全く困らない。見る人が見たら、きっと「おお！」って感じのものなんだろうな。残念ながら僕には、無骨な印象の黄土色っぽいの、とか、きれいな花柄が描いてある薄地のやつ……としか説明ができない。

ただ、盛り付けたときに、なるべくきれいに見えるようにはしてる。手前味噌だけど、なかなか見栄えはいいはずだ。

「ありがたく、いただきます！　あ、写真撮ってもいい？」

「え、い、いいですけど」

「じゃ、さっそく！」

大城さんがスマホを構えた。器の位置も微調整したりして、その表情は真剣そのものだ。

「こんなんで、いいんですか？」

「ばっちり！　んー、フィルターは何にしようか、悩むな〜！　……そういえば、廉くんは、インスタやってないの？」

「アカウントはあるんですけど、友達のを見るだけですね」

「こんなにお料理やってるんだったら、毎日アップすればいいのに！　ハッシュタグ、手料理とかつけて。絶対見てもらえるよ！」

「はぁ……」

別に、見てもらおうとはあんまり思わないんだけどな。でも、そうだ。父さんが安心するかもしれないから、たまには写真くらい送ってみよう。

一方で。

「……少々、悩ましいな」

こちらはこちらで、悩んでいる様子だ。

「どうかしました？　あ、今日の卵焼きは、甘いのですよ」

味のバランス的に、だし巻きにはしなかった。

僕も宝来さんも、卵焼きの味は両方好きだとわかったので、全体を考えて今は味を決めてる。でも、今回の悩みはそこではなさそうだ。

「いや……この献立は……日本酒にするか。だが、焼酎の湯割りも捨てがたい」

「あー……なるほど」

悩んでいるポーズながら、宝来さんの口角はきっちりあがっている。

簡単に言えばにやついてるんだけど、宝来さんの場合、へたに雰囲気があって美形なものだから、なんだか悪だくみしているようにも見える。

「……うん。決めた。今日は焼酎にしよう。まだ、山ねこがあったはずだし……」

「あ。それなら、僕取ってきます」

そのお酒なら、冷蔵庫にあった。

「いいのか?」

「はい。それに、エドガーの食事も出してあげないと」

「エドガー?」

ようやくインスタの投稿を終えたらしい大城さんが、僕に尋ねる。

「猫の名前です。滅多に姿は見せないんですけど……。あの、冷めちゃうし、先に食べててください。僕、味見でけっこう食べちゃったので」

「そうか。では、遠慮なく」

「いただきます～!」

楽しそうな二人の声に見送られて、僕は宝来さんのお酒の支度を済ませ、それからエドガーのご飯を用意した。

まぁ、用意といっても、いつもの定位置にある、エドガー用のお皿に、そばにストックしてあるレトルトパウチを出すだけなんだけど。

「はぁ……まだ出てきてくれないか」

相変わらず、視線と気配は感じるし、たまに顔も見せるけど、触るなんて夢のまた夢だ。ネットで調べたら、猫が気を許す最初のサインは、目の前でご飯を食べてくれることっていうけど……まだまだ、それすらも叶《かな》わない。

お皿は毎度舐めたようにきれいになっているから、僕が気づかない間に、ちゃんと食べてはいるようなんだけど……。

まぁ、気長にやるしかないな。

食卓に戻ると、二人は乾杯をしたところだったらしい。

「廉くんは、飲まないの？」

「あまり、強くなくて」

「そうなんだ！　なんか、飲めそうなのに」

そう……なのかな？　自分じゃ、よくわからないけど。

「大城さんは、お好きなんですか？」

「私はたしなむ程度、って感じかな。あ、大城さんなんていいよー。年も近いんだし、鴫子って呼んで」

「え。あ……じゃあ、鴫子さん、で」

「うん！」

大城……いや、鴫子さんは、元気よく頷いた。

宝来さんは、お湯割りの焼酎を片手に、いつものようにゆっくりと食べ進めている。対して鴫子さんは、わりと食べるのが速いらしくて、すでに小鉢の一つは空っぽだ。

「廉くんて、かっこいいし、料理もできるなんて、モテモテでしょ！」

「そうですか？　全然ですよ」

「でも、W大でしょ。合コンだって多そうだし……。あ、わかった。なんか、頼りない感じするからかな！」

ズバッと核心を突かれて、僕の箸が思わず止まる。

「……遠城寺くん。梅干しはあったかな」

返事がしにくいのを察したのか、宝来さんがそう言ってくれる。

「は、はい……」

若干よろよろと、僕は梅干しを入れたタッパーを、冷蔵庫に取りに行った。

「あ、ごめんね。私、時々ずばっと言い過ぎるみたいで……」

一応自覚はあるんだな。すまなそうに、鴫子さんは目を伏せる。

「い、いえ。全然」

悪気がないなら、仕方が無いし。

僕はそう思いながら、宝来さんに梅干しを渡した。

「そうだ、廉くん。この炊き込みご飯、とっても美味しい！　どうやって作るの？」

「あ……これは、僕もネットで調べたんですけど。調味料と桜エビを入れて、ご飯を炊くだけなんで、すごく簡単ですよ」

正直、料理って言っていいのか悩むくらいだ。これ。

たしかに、味は美味しい。桜エビの旨味《うまみ》がじんわりご飯に染みてて、かといっておかずの邪魔になるほどじゃない。上品な春の美味しさって感じだ。

空豆の煮物も、今日はうまく炊けた。ほっこり柔らかく、かすかに苦みがあって、美味しい。春が旬の食べ物は、このほのかな苦みが美味しい気がする。

でも、僕の返答が不満だったのか、鴫子さんは小さく唸《うな》って、恨めしげな表情になる。

「……どうしてこう、料理ができる人って、なんでも簡単ですよって言うんだろう」

「え、でも、これ本当に簡単ですから！」

「でもね、マジでやってない人からすると、戸惑うもんなの！　廉くんのお母さんって、料理上手なの？」

「え、と……まぁまぁ、です」

僕は、そう言葉を濁した。

本当は、あんまり、母さんのことは覚えてない。

だから、ほとんどテレビとネットが情報源で、あとは見よう見まねだった。

「そうなんだ。うちは、母はすっごく上手なんだけど。私は、さっぱり。だから、ひとり暮らししてからは、ねぇ……」

「鳴子くんは、自炊をしないタイプなんだな」

宝来さんが尋ねると、「はい」と鳴子さんはきっぱり頷いた。

「私、美味しいものを食べるのは大ッ好きなんですけど、自分で作るのって苦手なんですよね。あんまり美味しくないし。それに、料理って一度に二人分とかできちゃうじゃないですか、そうすると、食べ過ぎるんですよね。私、食べるのへたなんで。だから、家ではお湯くらいしか沸かさないです」

「まぁ、それでも問題はないしな」

え、ないかな!?

……ないかもしれないな。宝来さんも、僕が来るまでは、そういう食生活だったみたいだし……。

「でも、高くつきません？」

全部外食とかって、単純にお金がかかると思うのは、僕が貧乏性だからだろうか。

「その分働こっかなって！」

単純明快！　とばかりに、鴫子さんは笑顔で言い切る。

「それで、美味しいものは外で食べる感じ！」

「なるほど」

それで、写真を撮ってアップすることまでを含めて、鴫子さんにとっては『食事』だし、『趣味』なんだろう。とても楽しそうなのは、さっき見ていてもわかったし。

まぁ、僕がどうこういう問題じゃないよな。

別に、女の子だからって、料理をしなくちゃいけないわけじゃない。それぞれのライフスタイルで、健康が保てるならいいと、僕は思う。

「でも、なんかコツがあるなら教えてほしいなぁ」

「コツ……ですか？」

「こう、料理がうまくなるコツみたいなの！」

「そうですねぇ……」

料理のコツ……って、なんだろう？

もちろん僕も最初から出来たわけじゃない。最初は何度も失敗したから、結局は経験かなとは思うけど……。

鴨子さんの期待に満ちたまなざしを受けて、「練習しかない」とは、ちょっと、言いにくい。

あ、そうだ。

「必ず味見をすること、かな……？」

「味見って、そんな、当たり前な……ん、ん？」

呆《あき》れたように口をぽかんと開けた後、思い当たる節があったのか、鴨子さんは首をひねって、呟いた。

「……あんまり、しないかも。作る時は、一応レシピ見てとかだし、まぁ、こんなんかなーって」

「案外、料理はしても味見をしない人は多いそうだからな。理由は様々だが」

僕たちのやりとりを聞いていた宝来さんが、焼酎を舐めつつ口を開いた。

「そうなんですか？」

「以前、アンケート調査をしたデータを読んだことがある。料理ができる前に味に飽きてしまうのを好まないとか、勘を信じているとか、……そもそもそこまで興味がない、というのもあるようだ」

「はぁ……なるほど」

「あ、わかります！　実際食べる前に味見しちゃうと、なんか、ネタバレって感じ？　つまんない気がしちゃうんですよね」

あははっと鳴子さんが笑い飛ばす。

もしかして、焼酎で少し酔ってるのかなとも思ったけど、単純に普通の人よりテンションが高めってだけなのかもしれない。

「でも、味見しないと、自分の好みとレシピってまた違いますよ？」

「そうなんだけどねー」

「ただ、いずれにせよ、料理が下手な理由の大半は、味見をしないせいではないかということは、すでに言われているな。どんなことも、実際に自分で確認してみたほうが、納得のいく結果が得られると私は思うよ」

宝来さんの落ち着いた低い声は、聞いていると心地よくて、すっと頭にしみこんでくる気がする。なるほど、それってつまり……。

「フィールドワークと一緒ですね」

「怪奇現象の検証と、おんなじですね！」

同時に違うことを口にして、思わず僕たちは、「あれ？」と互いの顔を見て瞬きをした。

その様がおかしかったのか、宝来さんがくすくすと肩を揺らして笑って、言った。

「そうだな。どちらも、私はそう思うよ」

「ですよね！　あー、今日は楽しみだなぁ！　美味しいご飯を食べて、それから怪奇現場を見に行けるなんて！」

そんな、デートか遠足のノリで言わないでほしい……。

「本当に行くんですか？」

「行くに決まってるじゃない！　あ、私、ちゃんとお守りとか、粗塩も持ってきてるから！」

粗塩って……普通に女性が持ち歩くものじゃないよな……。

彼女のガチっぷりに、思わずごくりと唾を飲み込む。そんな僕にむかって、鳴子さんは鼻息荒く言った。

「廉くん、怖《お》じ気《け》づいたとか言わないでよ？　味見と一緒！　えーと、なんとかワーク？　それが大事だって、宝来先生も言ったんだから！」

「フィールドワーク、ですね」

「そうそう！」

怪談話の現場に行くのがフィールドワークに含まれるのかは、よくわからないけど……まぁ、実際行ってみなきゃわからない、というのは、確かだ。

「廉くんは、多摩川の河原って、行ったことある？」

「まだ無いです。行ってみたいとは思ってるんですが」

正直、ここんところは庭回りの掃除と買い物だけで、体力がゼロになっていて、そんな余裕もなかった。

「私も、電車で通り過ぎるくらいなんだよね。まぁ、そもそも河原って、そんなに用事ないからなぁ。バーベキューとか、釣りくらい？」

「あとは、散歩……ですかね」

「犬もいないのに？」

「え、楽しいですよ」

僕は、好きだけどな。とくに今の季節は。

「廉くん、散歩って！　今時の男子大学生が散歩って!!　あ、なにかそういう歩きまわる系のゲームアプリやってるとか!?」

信じられないといわんばかりに、鴨子さんが目をみはる。

「え、やってない、です」

「……うわぁ。廉くんて、けっこう陰キャ？」

ざっくり。またやられた。

鴨子さんの言葉の斬鉄剣に切り捨てられて、僕は言葉に詰まった。

「遠城寺くん。それなら、多摩川の方まで降りていってから、六郷用水の跡地にそって、いい遊歩道が整備されているよ。その先に、大田区の図書館がある」

「そうなんですか？」

「六郷用水って、なんですか？」

鴨子さんが尋ねる。

「江戸時代に作られた用水路で、多摩川を水源として、現在の東京都狛江市《こまえし》から、大田区に至る、灌漑《かんがい》用水路だ。当時、現在の久が原のあたりは六郷領という名で、家康の直轄地だった。いわゆる、天領というものだな。そこに水を引くために作られたのだよ」

「へぇ、そうなんですね。すぐ隣に川があるのに、ちょっと不思議ですけど」

「……それも、現地に行けばわかるかもしれないよ」

楽しげに宝来さんが言う。

この場で答えを聞いてもいいけど、宝来さんの考え方としては、やっぱりあくまで「その場」に行くのが大事なんだろうな。

「遠城寺くんの研究にも、役立つかもしれないな」

「研究？」

「あ、僕、今田園調布について調べてるんです」

研究というよりは、ただの趣味っていうか……興味だけど。

「そうなんだ！　奇遇！　田園調布のことで、なにか面白いことがあったら、私にも教えて！　そうだなぁ。幽霊とかー、呪いとかー、祟《たた》りとか！」

「え、……あ、は、はい……」

鴨子さんの勢いに押されて、僕は頷く。

……でも、正直、そういうことはあんまり知りたくないけどな……。

「でも、今日はまず、多摩川のローレライを見つけないとね！」

「そうだな」

できれば、見つけたくないけどなぁ……僕は。

これから多摩川に近寄るのが、怖くなったらどうしよう。

「でも、まだ時間は早いですね。やっぱり丑三《うしみ》つ時《どき》でしょうか」

「そうだな。それまでは、もう少し資料を読むとしようか」

「はい！」

……はぁ。気が進まないけど、ついていくしかないんだろう。

僕は二人に気づかれないように、こっそりとため息をついた。

◇

東京都と神奈川県の間を流れる多摩川は、暴れ川のひとつでもあった。

海抜約千メートルの高さから、海までわずか百キロの間に流れ下りていく急勾配が故に、洪水時の川の流れが極端に速くなるのだ。

信濃川、利根川といった川は、海抜約六百メートルを、約二〜三百キロかけて流れ下りていくといえば、その差がわかりやすいだろうか。

また、多摩川の周辺には、その豊かな自然や、水運の便を求めて江戸時代より多くの人々が生活していたため、洪水のときには被害も大きかった。

記録によれば、一五五〇年（天文一九年）の頃から、幾度も洪水は起こり、川筋が変わることも、幾度もあった。そしてそのたび、多くの人々が苦しめられたという。

――鴫子さんが持ってきてくれた資料には、そういった、多摩川の歴史もまとめられていた。

「あんまり、暴れ川ってイメージはなかったです、僕」

「多摩川の両岸には、同じ地名の場所がいくつか残っている。かつては同じ場所だったのが、川筋が変わることで、二つに分かれたという証拠だ」

宝来さんがそう説明をしてくれる。

「今でこそ、スーパー堤防といった事業もありますけれど、昔はそんなものもありませんでしたしね」

「堤を作るか……他に水を流す水路を作るとかですかね」

僕はそのあたり、あまり詳しくないけれど、江戸時代の治水事業は、かなり盛んだったはずだ。

「なに言ってるの。それだけじゃないわよ、廉くん」

「そうなんですか？」

「そんなときには、やっぱり、人柱でしょう!!」

「人柱……です、か……」

ビシィ、と人差し指を立てて断言されて、僕は思わずたじろいだ。

いや、まぁ、たしかに……無かったわけじゃないと思うけど……。

「川の神に捧《ささ》げられた人身御供《ひとみごくう》が、きっといたんだと思うんですよね！　それがローレライの正体ではないかと！　どうでしょう、宝来先生！」

「面白い考えだね」

宝来さんはそう笑うけど、……どうだろう。

「あの……夜中なんで、もう少し声、抑えましょう」

「あ、そうだね」

僕の注意に素直に頷いて、鳴子さんは指先を今度は自分の口元に当てた。

田園調布の夜は、シン……と音がしそうなほどに静かだ。

終電も終わり、電車の音も聞こえない。

街灯と門灯がぽつりぽつりと道を照らしている他は、どこも、黒々とした闇に包まれている。さすがに、午前一時ともなると、起きている人も少ないのだろう。

そんな夜の道を、僕たち三人は歩いていた。

真夜中に吹く風はさすがにひんやりとしていて、僕は長袖のパーカー、宝来さんはいつもの着物の上に、ウールのショールを羽織っている。

坂道を下っていくと、多摩川の駅に着く。駅はもう閉まっていたけど、駅前のローソンは二十四時間営業で、煌々《こうこう》と灯りがついていた。さすがに客はほとんどいないけど、それでもなんだかほっとする。

「昔は、ここに遊園地があったんですよね」

それは、田園調布を調べていて知ったことだ。

こんな住宅街に遊園地があったなんて驚いたから、覚えていた。

「そうだな。駅名も、平成一二年までは、多摩川園駅だった」

「宝来先生も、遊びに来たことがあるんですか？」

「さすがにないな。遊園地がなくなったのは、昭和五四年のことだから」

「昭和の終わり頃までは、あったんですねー」

……っていうことは、宝来さんは年上に見積もっても三十代なんだな。

実は、まだ僕は宝来さんの年齢を知らない。なんていうか、年齢不詳すぎる。知識だけならすごく年上に思えるし、見た目だけなら二十代といわれても信じられるし。

「どうかしたか？」

「い、いえ。なんでも」

「この先に、浅間神社がある。境内からは、天気が良いときは、富士山がきれいに見えるんだ。ここにも、興味深い話はあるが……まぁ、また次にしようか」

「え！　気になります！　楽しみです～！」

なんだろう。浅間神社ってことは、木花開耶媛命《このはなさくやひめのみこと》の神社なんだろうけど……。

怖い話じゃないといいな……。

駅前から、左手に線路を見て、ゆるやかなカーブを描く道を歩いて行くと、すぐに暗がりに石段の入り口と、石柱が見えた。柱の文字は、暗くてよく見えない。少し目をあげると、階段の先には鳥居が立っている。これが、宝来さんの言っていた、浅間神社らしい。

この先は、道路を挟んで、すぐに河原だ。

横断歩道の方へと進むと、その脇に大きな石碑が建っていた。高さは四メートルはあるだろうか。川の方を向いて建てられていて、ずっしりとした存在感がある。

「なんですか？　これ……」

暗くて、書いてある文字がよく読めない。

「懐中電灯を使うといい」

「はい」

持ってきた荷物の中から、懐中電灯を取り出して、スイッチを入れる。ぱっと目の前の部分が丸く明るくなって、深く彫られた文字の一部が目に飛び込んできた。

「えっと……『多摩川治水記念碑』……」

「昭和一一年に建てられたものだ。これも、多摩川が暴れ川だった証拠のひとつと言えるな」

「ということは、つまり、ローレライの証拠でもありますね！　写真撮っておかなきゃ！」

鳴子さんは一眼レフカメラを取り出して、フラッシュを焚《た》いて写真を何枚も撮った。最後には、スマホでも写真を撮っている。

「スマホでも撮るんですか？」

「あ、廉くん、常識なのに知らないの？」

「なにが、ですか？」

「スマホのほうが、心霊写真ってよく撮れるのよ！」

鳴子さんが胸をはるけど、たぶんそれは、常識じゃない。

「…………そうですか……」

これから先、スマホで風景写真を撮るのはよそう……と僕は思った。

「それじゃあ、進もうか。……いよいよだな」

「はい！」

「……はい……」

ついに、行くんだ。問題の場所に。


川沿いの道を走る車は、もうほとんどない。それでも一応、赤信号が青に変わるのを待って、僕たちは横断歩道を渡った。

白いガードレールが少し先で途切れ、そこから河原へと降りていくゆるやかな坂道がある。昼間なら、気持ちの良い散歩道だろう。

でも、今の僕には、胸がざわつくような、なんともいえない不安な道の始まりに見えた。

「案外、明るいんですね」

「そうだな。これなら、懐中電灯は不要だったかもしれない。ほら、あれが丸子橋だ」

宝来さんが示した先には、連続したアーチ型の姿が特徴的な橋が、そのシルエットを薄闇に浮かび上がらせていた。

橋の上には、等間隔に、ぼんやりとオレンジ色の街灯が並んでいる。その光が川面に映り、ゆらゆらと揺れる様は、なんだか幻想的だ。

川の向こうには、ビルの灯りが光っている。武蔵小杉の開発で、一気に増えたタワーマンションや、企業のビル、川沿いのマンションなどの光だろう。

川のこちら側にはあまり背の高い建物がない分、あちら側だけ、やけに未来的な世界に見えた。

「廉くん。ぼーっとしてると、置いていくよー」

「え？　あ、ま、待ってください！」

ついぼうっと河原の景色に見とれているうちに、いつの間にか宝来さんも鳴子さんも、河原へと降りてしまっていた。僕はあわててその後を追う。

それにしても……。

「静かだね……」

河原に降りると、途端に、世界が少し変わる。

目の前に、多摩川の流れが蕩々《とうとう》と横たわっている。予想よりも明るくて、川にできた中州も、足下も、危なさはない。

なのに、何故だろう。

ここは、日常とは少し違う……そんな気がしてならなかった。

「ここで、たくさんの人が亡くなったんだね……」

さっき話していた、昔の事故のことだろう。

鴫子さんが手をあわせる。僕もあわてて、それに倣った。

「実際の現場は、もう少し向こうだな。行こう」

「調布取水堰ですね！」

カメラを手に、鴫子さんはもうやる気満々だ。さっきまで、ちょっとしおらしい感じだったのに、切り替えが早い人だ。

川沿いに、舗装された道が、上流に向かって整備されている。川にむかって背の高いフェンスが並び、人がぎりぎりすれ違えるほどの狭い道ができていた。左手には、高い土手。それから、この堰の管理をしているとおぼしき建物がある。白い、真四角な形の、いかにも堅いお役所っぽい建物。そこから、眩しいくらいのライトが道を照らしていた。

頭上には、橋がかかっている。

「これは、電車が通る橋ですか？　あれ、でも、さっきあっちにも線路があったのに」

「さっきのは、多摩川線。この橋を渡っていくのは、東横線の車両だよ」

「ああ、なるほど。じゃあ、東横線に乗ると、この怪奇スポットを良い感じに見られそうですね！」

鳴子さんははしゃぐけど、それで喜ぶ人は、ほんの一部だと僕は思う。

線路が走る橋のむこう。

コの字を縦にしたみたいな形の門が、三つ並んでいるように見えた。そこからまっすぐ、対岸に向かって、いくつかの堰が並んでいる。

このあいだの雨で水量は充分なのか、堰から溢れた水が滝となって一列に流れ落ちていた。そのせいだろう、先ほどの静けさとは打って変わって、水が流れる音がごうごうと聞こえる。

「この門は、閘門《こうもん》なんだ。船が行き来するときに使う」

「え、船とか、まだ使うんですか？」

僕は驚いてそう尋ねた。

「調査用のボートなんかが通るんだ。残念ながら、一般人が使うことは、あまり無いだろうね。ここは、危険な所ではあるし」

「そうですよね。ローレライに呼ばれるかもしれませんし」

神妙な顔で、鴫子さんが頷く。

「はぁ……」

ってていっても、ローレライなんて、本当にいるんだろうか？

僕はただの迷信で、気のせいだと思う。

……そうは、思うけど。

細い川沿いの道は、完全にあたりからは死角になっている。もしここで、誰かに襲われて、川に突き落とされたとしても、気づかれるとは到底思えない。

たとえば、向こう側から、今にも悪意を持った人間が歩いてこないとも限らない。

相手は誰でもよくて、ただ、害を為そうとするような、そういう存在が。

こう水音が大きくては、僕の悲鳴なんか、きっとかき消されてしまうだろう。

そんなことを想像すると、冷や汗がでてきて、僕は怖さに身震いした。

「どうかしたか？」

「あ、いえ……」

そうだ。今は、僕はひとりじゃないんだ。

むしろ、なにかあったら、僕が二人を守らなくっちゃ。

それに、今は検証に来ているんだ。怖がっている場合じゃない。

「あ、見て見て、廉くん！」

フェンスに掲示された案内板を指さして、鴫子さんが僕を呼ぶ。

「なんですか？」

「ほら。『川に物を投げ入れないでください。（カメラにて監視中）』だって」

「あ……」

そこに書かれていた文字に、僕はいくらかほっとする。

死角といっても、監視はされているわけだ。それなら、もしなにかあったとしても、きっと助けてもらえる。

「安心ですね」

「え？　これって、自殺しないようにーって意味でしょ？」

「え……」

物を投げ入れるって……それって、身投げしないで、って、意味？

カメラの監視って、そっちってこと!?

「このカメラの映像って、見せてもらえないのかなー。おばけとか、映ってるかもしれないし」

「無理でしょ!!　っていうか見たいですかそれ!?」

「え、廉くん見たくないの!?」

「見たいわけないですよ！」

「宝来先生は、見たいですよね？　……先生？」

顔をあげると、先を歩いていた宝来さんは、じっとすぐ真下あたりの水面を見つめていた。

そこは、閘門の脇にある、細かい段になっている部分だった。他の堰に比べると、一段ずつの差はごく緩やかで、かえって躓《つまず》いてしまいそうになる階段みたいだ。

「なにか見えましたか、先生！」

「いや、残念ながら、私には見えないようだ」

「これ……なんですか？」

なにか目的があって、こんな風にわざわざ作られているのだろうけど、僕にはすぐには見当がつかなかった。

「魚道だよ」

「魚道？」

「ああ。鮎の遡上のために作られたんだ」

「そういえば、昔はこのあたりで漁も盛んだったんですよね」

それについては、調べた資料でも読んだ。

でも、今はあんまり、そういうイメージはないから、びっくりしたんだっけ。

「鮎ですかぁ……たしかに、今の時期ですよね。でも、さすがに夜はいませんよ」

「ああ、そのようだね」

「それより、白い服の女が出たりとか、怪しい声とか、しませんかね？」

パシャパシャとあたりの写真を撮りながら、鴫子さんが言う。

「声は、ちょっと聞こえないと思いますよ。こう水音がうるさくちゃ」

「たしかに、そうかもね……。ここ、思ったよりも明るいし」

残念そうに、鴫子さんは唇を尖《とが》らせた。

「じゃあ、戻りましょうか。やっぱり、なにもいなかったってことで」

「え、まだよ。丸子橋のほうにも行かなくちゃ。人影が浮かぶのは、だいたいあのあたりって話よ」

「え……」

まだ帰れないんだ……と、僕は思わず肩を落とした。

しかも、丸子橋の下あたりって、ここよりずっと暗い感じがする。

「さ、行きましょ！」

意気揚々と、鴫子さんが踵《きびす》を返す。その後ろをとぼとぼと歩き出した僕に、宝来さんが言った。

「ローレライの正体に、見当はついてきた？」

「え？　……正体って、別に、ただの噂ってことですよね」

不気味なのはたしかだけど、別に、この場所にはなんの謎もない。

事故が多いっていったって、川なんて昔からあるものだ。人死にのない川のほうがありえないだろうし……。

「じゃあ、もう少し、見て行かないといけないな」

「え、え？」

宝来さんがそう言って、僕の横を通り過ぎる。

着物姿だってのに、歩く速度は僕と変わらないどころか、むしろ速いくらいなのが不思議だ……ってそんなことは、どうでもいい。

ローレライの正体。

宝来さんがそう言うってことは、やっぱり、ここには『なにか』がいるんだろうか。

僕がまだ気づいていない、『なにか』が……。

「あの橋って、そもそも怪談スポットなんですよ。真夜中、タクシーに乗った女が、神奈川方面を頼むんです。でも、この橋の上で、何故か消えていて、シートだけがびっしょりと……、とか。有名な人が自殺した場所とかって話もありますしねぇ。やっぱり、ローレライが呼んでいるんですよ！　……というわけで」

「……はい」

「ここで、実験しましょう。私、しばらく黙りますから！　先生も、廉くんも、声をださないで、しずかーにしましょうね！」

「わかった」

宝来さんは真面目に頷いたけれども、僕は正直、イヤだった。

さっきから、鳴子さんが（内容はともかく）いつもの明るい調子で話し続けてくれているから、まだ救われてたって面も、あるのだ。

それを、無言で過ごすなんて……。

「じゃあ、よーい、はい！」

何故か勢いよく、パンっと鳴子さんが手を叩いた。

……そして、あたりは、静かになった。

川の流れる音も、このあたりでは聞こえない。

橋の街灯の灯りを受けている場所以外、川はぬるりと真っ黒な生き物のようで、その深さも、流れの速さも、見ているだけではちっともわからない。

むしろ、見つめているうちに、この暗闇のなかにあるのが、本当に川なのかとすら思えてくる。

そのとき、春の生ぬるい風が首筋を吹き抜けて、僕はぶるりと身震いをした。

ここで溺れた人は、なにを見たんだろう。

静寂の中、僕は、その光景を想像してみた。


——川面に、ぼうっと、白く人影が浮かび上がる。

暗闇だというのに、その白い手が、はっきりと動いて見えた。

水面に激しく水しぶきをあげながら、もがくようにその手が上下する。

溺れているのだ。そう、気づいてしまう。

助けなければならない。でも、どうやって？　そこまで泳いでいけるだろうか。

自信はない。でも、緊急事態だ。

手の動きは、より激しくなる。バチャバチャと水面を叩く音も、ひときわ大きく聞こえる。

『――タスケ、テ』

くぐもった、今にも消えそうな声が、なおのこと思考を奪っていく。

助けなくちゃ。

そこへ、行かなくちゃ。

すぐに、すぐに、そこに……。

両足が、ひやりとした水に浸《つ》かる。思ったよりも速い流れに、転ばされそうになる。

白い手の主の位置を、もう一度確認して、そして……。

そこで、気づいたんだ。その手は、溺れているのではなく。

、、、、、、、、

手招きをしていた。

――バシャン!!

「きゃああ!!」

悲鳴をあげたのは、僕と、鳴子さんだった。

「え、え、え……ッ!」

へたん、と膝のあたりの力がぬけ、僕はその場に腰を抜かしてへたりこむ。鳴子さんも、全身を縮こまらせていた。

宝来さんだけが、じっと、川面を見ている。

「い、いまの！　出た!?」

「逃げましょうよ、宝来さん！」

半泣きの僕らに向かって、宝来さんは静かに一ヶ所を指さした。

「川鵜《かわう》だよ。よく見てごらん」

「え？　あ、……」

言われて目をこらすと、中州のあたりに、ごそごそと動く影がある。

「今のは、彼らの狩りの音だよ。鮎を狙っているんだ」

「え？」

きょとんとするうちに、また一羽、ばしゃりと水音をさせて川面へと飛び込んでいく。後には、さざ波が円を描いて残るのみだ。

「普段は夜は寝ているだろうに、街灯で明るいからかな。たまに、夜更かしなヤツもいるのだろう」

「え〜……じゃあ、謎の水音は、鳥、ですか……？」

いかにもがっかりした様子で、鳴子さんが緊張をほどく。

「そう。ほら、あそこに白鷺《しらさぎ》もいる。あれが羽を広げていたら、白いなにかがいる、と思う人がいるかもしれないね」

「そ、そうですね。……よかった……」

心底ほっとして、僕は胸をなで下ろした。

「廉くん、腰抜かしちゃったの？　びっくりしすぎでしょ！」

「し、鳴子さんだって、悲鳴あげてたじゃないですか！」

「あれは、喜びの声よ！　あーあ、ただの鳥なんて……」

両手をぶらぶらと揺らして、子供のように鳴子さんは落胆している。

宝来さんは苦笑しながら僕に手を差し出して、立ち上がるのを助けてくれた。

「大丈夫か？」

「は、はい」

「君のことだから、また色々想像してしまっていたんだろうね。推測は結構だけれども、それで目の前のものを見逃すのはいただけないな」

「はい……すみません……」

検証どころか、空想でびくびくしてばかりなんて……まったく、恥じ入るしかない。

「じゃあ、鳥がローレライの正体だったんですね」

「いや、それだけじゃない。さて、せっかくだ。もう少し、ぶらぶらと散歩をしながら帰ろうじゃないか」


川沿いの道まで戻って、神社を右手に見ながら少し進むと、急勾配の崖に、曲がりくねった階段が整備されている。

終わりの桜の木が、ちらほらと最後の花びらを落としていた。

「ここは、多摩川台公園という名前でね。亀甲山《かめのこやま》古墳を有する、広い公園なのだよ。今来た通り、多摩川との高低差が大きい分、昼間は眺望も楽しめる」

「え、ここ、古墳があるんですか!? 古墳って、お墓ですよね?」

怪奇現象大好き鳴子さんが、あっという間に元気を取り戻して、宝来さんに尋ねた。

「ああ、そうだな」

「いいですね！　高級住宅街に眠る、かつての貴人！　その眠りが覚まされたとき……みたいな！」

「探しても、またどうせ出てくるのは犬くらいですよ……」

「廉くん、うるさい。これは浪漫なの！」

階段を上りきると、東屋《あずまや》と、こんもりと丸く繋ったあじさいがいくつも植えられていた。今はまだ時期じゃないけど、梅雨時になればさぞかしきれいだろう。

左手に、さらに階段を数段上ると、開けた場所に出る。そこから、煉瓦で作られたアーチをくぐると、すり鉢状に低くなった池があった。

池の上には、遊歩道がわりの橋がかけられている。

この時間、池に植えられた菖蒲《しょうぶ》や睡蓮《すいれん》たちは、夜の闇の中で静かに眠っているみたいだ。

「ここは、もともとは調布浄水場があった。この湿生植物園は、沈殿池の跡だよ。昭和四二年まで、多摩川から水をくみ上げ、ここで浄化し、水道として利用していたんだ。もっとも、昭和三二年に小河内ダムが完成してから、その役目はほぼ終わっていたようだけれどもね」

「へぇ、そうなんですね」

「ただ、これは私の推察だけれど……その頃には、多摩川の水を水道用水として使うことには、抵抗もあったろうからね」

「抵抗？」

どういう意味だろう。僕は小首をかしげる。

そんな僕に、宝来さんはショールの位置をなおしながら、謎かけのように言った。

「考えてごらん。ここにおそらく、ローレライが戻ってきた理由がある」

「え！　ローレライに関係があるんですか!?」

鳴子さんも途端に食いついてきた。

「ローレライが、戻ってきた……？」

「そうだよ。ローレライの事件には、一つの特徴がある」

宝来さんはそう言ってから、僕らに考える時間を与えるように、しばし黙った。

「特徴……ですか？　え、でも、川で溺れたってことですよね」

鳴子さんが尋ねる。

僕は、さっき読んだ資料を必死に思い出していた。

昭和二十九年から三十年代、泳いでいた人やボートの人が次々と溺れて亡くなった。

そして、最近、不審な水音が聞かれるようになった……。

「……たしかに、戻ってきてますね。昭和四十年ごろから、最近まで、なんで事件はあまり起こらなかったんでしょう？」

「そうだね。昭和四十年ごろ。さっきも、出てきた時代だ」

「えっと……今見た、浄水場がなくなったころ、ですよね」

「ああ。そして、日本はどうだったか」

え、えっと。

現代史はあんまり詳しくないけど、受験のために、ざっくりとした知識くらいはある。僕は必死で、脳内ウィキペディアを検索した。

「えーと、高度経済成長期、ですかね。それで……あ！」

もしかして、と僕はひとつの単語に思い当たった。

「……環境問題、ですか？」

「ご名答」

宝来さんは微笑んで頷くと、再び歩き出した。

夜の公園は、妖しい闇に満ちている。けれども、不思議と怖くはなかった。盛りをすぎたソメイヨシノの花びらと、今が盛りの八重桜の濃いピンクが、芽吹き始めた新緑に交じって、公園内に設置された照明の明かりにぼんやりと浮かび上がっている。

堅く踏みしめられた地面に設置された飛び石にそって、僕らは宝来さんの後について歩いて行った。

「その頃の多摩川の水質汚染は、ひどいものだった。さっき見た調布取水堰があっただろう？　あそこは、合成洗剤の泡がぶくぶくと泡立ち、周囲の家にまで風に乗ってまき散らされるほどだったんだ」

「え」

「水面には油が浮かび、川底にはヘドロがたまった。夏にはひどい悪臭が漂っていたし、同時に、ほぼ毎日のように光化学スモッグ警報が発令されていたという話だ。その頃は、多摩川は『死の川』とも呼ばれていたんだ」

川面が、泡立つほどの汚濁。……『死の川』。

今の多摩川からは、あまり想像ができない。

「奇形の魚も多く、当然、釣りや漁をする人などは減った。……そんな川で、泳いだり、遊んだりする人がいるだろうか？」

「……だから、事故がなくなった……」

「推論だけれどもね。ローレライは、一度、環境問題で消えたんだ。人間によって退治された……というと、ロマンチックかな？　ただそれは、川の命そのものを失わせてしまったわけだけれど」

なるほど、だからさっき、宝来さんは『多摩川の水を水道用水として使うことには、抵抗もあったろう』と言ったのか。たしかにそんな状態の川の水を、いくら浄水したといわれても、飲む気にはなれないな……。

「それが、どうしてきれいになったんですか？」

「理由として大きいのは、下水処理施設が整備されたからだな。多摩川の水は、上流の羽村などの段階で、生活用水などのために取水されている。そして、各家庭を通って排水された水が戻ってくる。とくに高度成長期には、多摩川の流域が開発され、住民が大量に増加する一方、下水処理施設の整備が遅れた。これが、多摩川の汚染の元となったんだ」

「逆に言えば、下水処理施設や技術の向上で、改善できるってことですよね」

鴫子さんの言葉に、宝来さんが頷く。

「そうだな。それに、環境問題が取り沙汰されて以降、個々人の意識が向上されたことも理由のひとつだ。こうした面からの水質改善は、全国で見られるな」

「たしかに、今は自然派石けんとかシャンプーとか、使うようにしてますもんね」

エコとか環境って言葉は、僕が育ったころには当たり前のものだったけど、昔はそうじゃなかった。

知識としては知っていたけど、そんなことを、初めてリアルに僕は感じていた。

「それから平成四年に、上流の羽村取水堰から通年で放水される水量が制定され、排水ではない、上流の水が下流まで流れる量が増えたことも、改善の一因と言われているな」

「へぇ、そうなんですね」

話していると、今度はかなり大きな広場へと出た。取り囲むように植えられたソメイヨシノは、すっかり葉桜だ。

このへんは花見の名所なんだろう。ブルーシートやゴミが、片隅に山積みにされていたし、『カラオケ禁止』といった立て看板もあった。

「魚道も整備され、鮎が遡上できるようになった。一度多摩川から姿を消した、マルタという遡河回遊魚がいるんだが、漁協の努力により、再び戻ってくるようになったそうだ」

「す、すみません、宝来先生。遡河回遊魚ってなんですか？」

授業を聞く生徒のように、ぴっと手をあげて鴫子さんが尋ねる。

良かった……わからないの、僕だけじゃなかった。

「失礼。遡河回遊魚は、淡水で生まれ、海で育ち、再び淡水に戻ってきて産卵する魚だ。鮭《さけ》と同じだな。一方、鮎は川で生まれ、初期だけを海で過ごし、すぐに川に戻ってくる。こちらは淡水性両側回遊魚と呼ばれる」

すらすらと宝来さんが答える。

……それにしても、さっきから、宝来さんの知識量って、どうなってるんだろう。

「宝来さんって、ほんとに物知りですね……」

思わず僕が呟くと、宝来さんはさらりと「一度読んだ文章は忘れないっていうのが、私の特技なだけだよ」と答えた。

な、なんて羨ましい特技なんだろう。さぞかし、テストの点数も良かっただろうな。

「魚も、環境改善の一端を担う。増えすぎては困る、プランクトンや、水中のコケなどを好んで食べてくれるからな。そして、魚が増えれば、それを餌にする鳥も増える。それだけじゃない。釣り人や、野鳥の観察家も来る。単純に、川の雰囲気が良ければ、散歩やバーベキューといったレジャーや、憩いの場所としても人は集まるようになる。かつて、川遊びで賑わったときのようにね」

「それで、人が増えれば……事故もおきる」

悲しいことだけれども、それもまた真実なんだろう。

人が集まれば、『なにか』が起きる可能性もあがる。

「それと、ただの見間違いであっても、不思議な現象に『遭遇』する人間も増えるだろうね。誰もいない森で倒れた木の音みたいなものだ。たとえ、ずっと変わらず起こっていたとしても、それを『認知』する人間がいなければ、それは『ない』んだ」

「これが……ローレライの正体、ですか？」

「いや？　最初に言ったろう。おそらくこれが、ローレライが戻ってきた理由だと、私は考えている。大本の正体は、また別の要素だ」

「や、やっぱり、正体は別にいるんですね！　……鳥じゃなくて！」

ずいっと鴫子さんが身を乗り出した。

「まぁ、そうだね」

「やったぁ！」

ぴょんぴょんとその場で鴫子さんは飛び跳ねた。

ほんっと、めげない人だ……。


僕たちは、広場を抜けて、一旦また狭い道に入った。うっそうとした木々に囲まれた道は、薄暗く、足下も剝き出しの土なので、念のため懐中電灯も使うことにした。

「この脇の山が、古墳のひとつだよ」

「わぁ、そうなんですね！　言われてみると、なんだかミステリアスです」

「そう……ですね……」

できれば今は聞きたくなかった……。

そう思いながら、僕らは道路を横切ってかけられた橋を渡り、次の広場に出た。ここ、本当に広い公園だな。

こちらにもソメイヨシノや山桜の花が、まだ残っている。その花を見上げながら、再び宝来さんは口を開いた。

「ローレライ……まぁ、つまり、あのあたりで水難事故が多かった理由なのだけれども、おそらく、潮のせいだ」

「しお？　……って、海の、満ち引きってことですか？　え、だって、あそこ、川ですよね？」

「遠城寺くん。川はどこに続いている？」

「……そりゃ、海ですけど……」

僕はまだこのあたりの地理に疎いせいもあって、ここまで海の影響があるなんて、いまいちピンとこなかった。

「鳴子くんが、さっき聞いていたね。六郷用水についてだ。どうしてここに、上流から繋がる用水路が必要なのか、と。川はこんなにすぐ近くにあって、水ならそこからひけばいいのに」

「あ、はい。言いました！」

「その答えだよ。このあたりの川の水は、汽水性がある。つまり、真水と海水が、わずかながらも混じり合っているんだ。だから、農業用には適さなかった」

「ああ……」

僕と鳴子さんは、感嘆まじりの納得の声をあげた。

「調布堰は、取水堰としてはほぼその役目を終えている。現在は、防潮堰の意味合いのほうが強いんだ。東京湾からの塩害を防止するためにね。だから、多摩川において、潮の満ち引きの影響を受ける『感潮区間』は、この調布堰までということになる」

「じゃあ、満潮時と干潮時で、川の流れに影響があったりするんですか？」

「おそらくはね。その満ち引きの際、強い渦ができることがある。とくに、丸子橋の橋脚のように、幅が狭くなった部分はね。これがローレライの原因のひとつだ。もうひとつは、そもそも堰の近く、その水が落下するあたりでは、リサーキュレーションという現象が起きる。滝のように流れ落ちた水が、底から上昇し、内側にまた入り込む流れを作るんだ。そうだな、洗濯機を真横にしたような流れを想像してくれると、わかりやすいかな？」

こんな風に、と、宝来さんは人差し指を縦方向に、ぐるぐると円を描いて動かした。

「この渦に巻き込まれると、ライフジャケットをつけていても、いかに体力自慢であっても、抜け出すのは難しいと言われている。これもまた、ローレライの一因だろう。つまりあのあたりは、水の事故が起こりやすい要素が、いくつも存在しているんだ」

そこまで聞いて、僕にも閃くことがあった。

「あ！」

「どうしたの、廉くん」

「あ、あの……さっき、鳴子さんが、昔事故にあった人は、遠方の人が多かったって、言ってましたよね。地元の人じゃなかったって。……それってつまり、あのあたりが泳ぐと危ないって、知られてたってこと……ですよね」

「おそらく、な」

宝来さんの肯定の言葉が嬉しくて、思わずにんまりと口元が緩んだ。

あの話を最初に聞いたときは、怖くてたまらなかったけど。宝来さんの解説で、なんだか目から鱗《うろこ》が落ちたような気分だ。

「じゃあ、ローレライは……」

「残念ながら、会いたければやはりドイツに行くしかないようだ」

「はぁ……。そうですかぁ……」

鴫子さんが、がっくりと肩を落とす。

「落胆したところ申し訳ないが、さらに言うと、喫茶店の土蔵の話もデマだな。あの場所は、もとから喫茶店ではなかったし、あの蔵も個人の持ち物だった。そうそう客の子供が入り込めるとも思えないな」

「え、そうだったんですか！」

僕も驚きの声をあげる。

……まぁ、ちょっと調べればわかることなんだろうけど、ああやって聞くと、ついつい、本当なのかなって思ってしまっていた。

話している間にも、僕らは道路を横切る橋を渡り、再び広場にでた。こちらにはいくつか遊具もあり、古びたブランコや砂場が用意されていた。

けれども、今の時間には当然使う人もいず、静かに花が咲いているだけだ。

「なんで、そんな噂が出たんでしょうね」

「店の一角に、古い蔵があるのも珍しいからな。どうしてだろうと考えて、そこから面白おかしく脚色した結果だろう」

宝来さんは一旦言葉を切り、そして、少し遠くを見るようにして続けた。

「町の姿も、川の姿も、いつも同じじゃない。時代や、そこに住む人々によって、刻一刻と姿を変えていくんだ。……それは、この町にしてもね。遠城寺くんは、この町の成り立ちについて調べたのだろう？」

「え、……あ、はい。人工的に作られて、整えられた、『田園都市』です」

「その最初の条件を覚えてるかい？」

「えっと……たしか……」

宝来さんと違って、僕はそこまで物覚えがいいほうじゃない。頭をかいて、なんとか記憶の糸をたぐり寄せる。

「建物は三階以下で、敷地面積は宅地の五割以内、それから……塀は瀟洒典雅《しょうしゃてんが》なものにすること、だったかと」

「しょうしゃ……？　って、なに？」

鳴子さんの質問は、僕も以前抱いたものだった。意味がすぐにわからなかった分、単語のインパクトがあって、覚えてたんだ。

「コンクリートブロックとかじゃなくて、生け垣にしろって意味、だそうです」

「ああ、なるほどね」

ちなみにこの答えも、以前宝来さんに教えてもらったものだったりする。

「でも、それって今も変わってないですよね？　田園調布って、お屋敷ばっかりですし、お庭とか生け垣とか、緑も多いし」

鳴子さんが言うのに、僕も頷く。

だから、田園調布は、変わってないんだとばかり思ってた。

「現在の田園調布には、地区計画というものがあるんだ。適用されるのは、全体ではなく、三丁目、四丁目を中心とした、一部地域ではあるがね。内容をざっくり言えば、マンションなどは建てられないこと。建築物の高さは九メートルまでにすること。道路から建物の外壁までに一定の距離をとること。敷地面積は、最低約五〇坪。垣または柵の構造は、生け垣またはそれに類するものにすること……」

指折り数えながら、宝来さんが条件をあげていく。

でも、それって。

「あの、だから、それってあんまり変わってないですよね？　さすがに、半分庭にしろってわけじゃないみたいですけど」

僕は思わずそう尋ねた。

実際、僕が今見ている町も、そういう感じだし。

「今のところは、な」

「……規則が、変わるかもしれないんですか?」

「その可能性もある。なにより、これはあくまで『地区計画』なんだ。条例ではない。強制力はある程度あるが、罰則規定はない。この町が、田園調布『らしく』あるには、結局は、ここに住む人たちが、その『らしさ』を守り続けられるか。それだけにかかっていると、私は思うよ」

……もしかして、だけど。

宝来さんが、たった一人であっても、あのお屋敷に住んでいる理由。手のかかる庭や桜の木を、そのままにしているのは——宝来さんも、この町が好きで、その景色を守りたいからなのかもしれない。

「変化は悪いことではないけれど、守ることは難しい。移り変わっていくことを、すぐに人は忘れてしまう。ずっと前からそうだったと、思い込んでしまう」

……新しい店が出来ていることには気づいていても、その前になにがあったか、すぐには思い出せないように。

多摩川の公害について、今の僕が意識もしていなかったように。

今あるもの以外に目を向けることは、実は、とても難しいんだろう。

「そんな忘却の隙間に入り込むのが、噂や都市伝説なのかもしれないと、私は思うよ」

そう語る宝来さんの姿は、なんだかひどく現実味がなくて、僕らはぼうっとその姿を見つめていた。

遅く昇った細い月が、東の空に見える。その月の下、八重桜を背にして立つ宝来さんが、夢みたいにきれいに見えたから。

その言葉も、どこか遠い世界から託されたお告げのように、僕の中に響いていた。

――『忘却の隙間』。

それはきっと、僕にもあるはずで。

もしかしたら、そこに滑り込んでいる、偽物の『なにか』が、あるんだろうか……。

「…………」

僕と鳴子さんは、そのまましばらく黙り込んでいた。

鳴子さんが、なにを考えていたかは、僕にはわからない。

でも、彼女にとっても、宝来さんのその言葉は、なにか感じるところがあったんじゃないかと思う。

どれくらいそうしていたか、わからない。

ふと、宝来さんが振り返り、僕らにむかって微笑みかけた。

「思ったより、長い散歩になってしまったな。さぁ、帰って、ホットワインでも飲もうか」

「は、はい」

「そうですね」

たしかに、長い散歩だった。

なんだか、色々なことがあったようで、でも、なにもなかった。

そんな、夜だった。

◇

あれから。

怪奇スポット企画は没になり、鳴子さんはてっきり、もう来ることもないと思っていたけど……。

「こんにちはー！　廉くん、ご飯食べさせて！　あとこれ、お土産！　鳥えいの唐揚げ！　食べたかったんだ～」

「……どうも」

こんな風に、週に一度は、うちにご飯を食べに来るようになった。

必ず手土産つきだし、まぁ、いいといえば、いいんだけど……。

鴫子さん曰く。

「私、碧さんのファンになっちゃったから！　あの鮮やかな推理！　美しくミステリアスな姿！　もー、ほんっと素敵！」

……ということだ。

いつの間にやら、呼び名も「宝来先生」から「碧さん」になってるし。

たしかに、宝来さんを前にすると、すっかり恋する乙女のように、鴫子さんは頬を赤らめてニコニコしっぱなしだ。

「でも、宝来さんて、女性ですよ？」

まぁ、女子校的なアレかもしれないけど。宝塚とか、そういう……。

でも、鴫子さんはいつものようにあっけらかんと、とんでもないことを答えた。

「わかんないじゃない」

「え!?　だ、だって、でも……女性の着物ですよね、あれ」

「そうだけど、中身までそうとは限らないでしょ？　体形も声も口調も、中性的だし。

それとも、なに？　もしかして、廉くん、碧さんの裸とか見たことあるの!?」

「ないですよっ!!　あるわけないでしょっ！」

真っ赤になって僕は否定した。

「ほーら。じゃあ、本当に碧さんが女性かどうかなんて、わかんないじゃない」

「まぁ……そう、です、けど……」

観測されていない限り、宝来さんは男性と女性とが重なり合って存在している……

なんて、シュレディンガーの猫じゃあるまいし。

「だから、私が碧さんを好きでも、なんら不思議ではないの。おわかり？」

「はぁ……」

なんて。

僕は、曖昧に返事するしかなかった。


そんなわけで、鴫子さんという賑やかなメンバーが、時たま増えることになったわけだけど……。

「遠城寺くんには、申し訳ないかな」

「あ、いえ。三人前でも二人前でも、たいして手間は変わりませんから」

「そうか。ありがとう」

逆に、二人の食事のときは、とても静かだ。

だからといって、それを気まずいとは感じない。むしろ、落ち着く。

まだ同居して一ヶ月も経《た》ってないのに、なんだか、不思議だった。

「でも、鳴子さん、まだ諦めてないんですね」

それは、例の『田園調布の怪奇話』の本のことだ。

今もあれこれ、取材を続けている……ということで、名目上、うちに立ち寄るのはそのためということになっている。

「そうだな。あの熱意は、素晴らしいことだね」

「そうですね……」

半分くらい、宝来さん目当てなんだけどな……という言葉は、僕はご飯と一緒にのみ込んだ。そのかわりに。

「あの、聞いてもいいですか？」

「なんだい？」

「不思議に思ってたんですけど……宝来さんって、怪談とか幽霊とか、そういう話も好きだし、書いているじゃないですか」

新タマネギとおかかのサラダをつまみに、今日は白ワインを飲みながら、宝来さんが「ああ」と頷く。

「でも、信じてるわけじゃないんですね」

ローレライの件にしても、そうだ。

事実を積み上げて、きちんと否定してみせる。

それは、同じ怪奇話好きでも、鴫子さんとはかなり立場が違っている。

すると、宝来さんはグラスを手に、「いや」と首を横に振った。

「信じていないわけじゃない。ただ、思い込みや偏見で作られたものが、嫌いなんだ」

「…………」

僕は、少し驚いた。

一緒に過ごしてきて、こんな風に強めの語気で『嫌いだ』と宝来さんが言い切ったのは、たぶん初めてだったから。

そこにこめられていたのは、嫌悪というより、なにか、強い怒りだと僕は感じた。

「あらゆる角度から検証して、『それでも明かせないなにか』が、なにより面白いんだ。だから、私はそれを探しているんだよ」

「……そう、なんですね」

宝来さんの推測をもってしても、証明できない『なにか』。

たしかに、それこそが、『怪奇』の欠片《かけら》なのかもしれない。

「……鳴子くんには言わなかったが、実際、あそこで説明できないこともある」

「え!?」

「川というより、むしろ橋だな。丸子橋には、タクシーの怪談があると、君もあのとき聞いただろう?」

「……は、はい」

淡々と宝来さんが語りだす、その先を想像して、思わず僕は身震いをして、居住まいを正した。

「あの怪談の裏側や、丸子橋で自殺者が後を絶たない理由……それは、私にもわからないことだ。もしかしたら、川ではなく、あの橋には……なにか、潜んでいるかもしれないよ?」

「……え……」

真顔で告げられ、ぞくっと背筋に悪寒が走った。

それと、同時に。

ギシッと、鈍い物音が響いた。

「わぁっ！」

「大丈夫、エドガーが棚から飛び降りただけだ。古い棚だから、軋む音がするんだよ」

口から心臓が飛び出そうになりながら振り向くと、たしかに、エドガーが僕をまん丸の目で見上げていた。

こういうとき、なんだかちょっとだけ、楽しそうに見えるのは気のせいだろうか。

「あ。そっか。エドガーのご飯、まだだった！　……すみません、用意してきます」

にゃあ、と催促するようにエドガーが鳴く。

「そうだな。……ところで、遠城寺くん」

「はい？」

席を立とうとしたところを呼び止められて、僕は動きを止めた。

「そろそろ、下の名前で呼んでもいいかな。遠城寺、というのは、少々長い」

グラスの中でワインを揺らしながら、宝来さんは少し下を向いていた。

……もしかして、少し照れてる？

「もちろんです！　あの、それと……僕も、名前で呼んでも、いいですか？」

「……好きにしていい」

そう言って、宝来……いや、碧さんが、くいっとグラスをあけた。

「は、はい！　あの、じゃあ、ご飯あげてきますね。……み、碧さん」

碧さんにつられて、なんだか僕も照れてしまって、そそくさとその場から離れた。

碧さんも、照れたりするんだな。……なんだか、可愛かった。

や、別に！　鳴子さんみたいに、僕は碧さんのことを好きとか、そういう気持ちはないんだけど！　尊敬って意味では、もちろん好きだ。ただ、それだけで……。

「にゃあ！」

「あ、ご、ごめん。すぐに出すね」

エドガーに再び催促されて、僕はいつものレトルトパウチの袋を開けた。

「みどり、か……」

いつの間にか、桜の枝には、青々とした葉が茂っている。

並木道の銀杏も、初夏の日差しの下で、緑の葉を輝かせていた。

ずっと昔から、そうだったんだろう。そう、僕は当たり前に感じていた。

でも、それは、昔から守られてきたというだけなんだ。

この世に今あるものは、すべて、そうなってきた『過去』がある。それをすぐ、人は忘れてしまうけど。そして、この先は、どうなるかもわからないんだ。

そんなことを、僕はこの町に来て……碧さんに出会って、初めて知った。

まだまだ、僕にとって、この町は謎だらけだ。

だけど、少しずつ、知っていきたい。その成り立ちという、過去も含めて。

そして、できたら……碧さんのことも……。

「な、なんて、ね！」

誰に聞かれているわけでもないのに、僕はそう照れ笑いをして、エドガーにご飯の入ったお皿を出した。

「はい、どうぞ」

「…………」

エドガーが、そっと、お皿に近づく。

それだけじゃなくて……。

「……え……」

ざらりとした舌が、そっと、僕の指先を舐めて。

「にゃぁ」

小さな甘えた声は、僕の初めて聞くものだった。

「エドガー……」

夢中になって餌を食べ始めた黒猫の姿を見ながら、僕は、なんとなく、この町に受け入れられはじめているような……そんな気持ちになったんだ。

参考文献

『郷土誌　田園調布』　社団法人田園調布会（中央公論事業出版社）
『日本の幽霊事件』　小池壮彦・著（メディアファクトリー）
『いのちの川　魚が消えた「多摩川」の復活に賭けた男』　山崎充哲・著（幻冬舎）
『新多摩川誌』
新多摩川誌編集委員会／国土交通省関東地方整備局（河川環境管理財団）
【あばれ多摩川発見紀行（国土交通省関東地方整備局）】
http://www.ktr.mlit.go.jp/keihin/tama/use/panph/kyusan/index.htm

──本書のプロフィール──

本書は書き下ろしです。

小学館文庫

田園調布《でんえんちょうふ》のおばけ屋敷《やしき》

著者　篠原《しのはら》まこと

二〇一八年六月十一日　初版第一刷発行

発行人　菅原朝也
発行所　株式会社 小学館
〒一〇一-八〇〇一
東京都千代田区一ツ橋二-三-一
電話　編集〇三-三二三〇-五六一六
販売〇三-五二八一-三五五五
印刷所――中央精版印刷株式会社

ISBN978-4-09-406525-1